그들이 깨어나는 시간

그들이 깨어나는 시간

최영희
정명섭
전건우

성냥팔이와 겨울시체들

최영희

한 해의 마지막 날이 밝았다.

간밤의 하늘은 비질을 해놓은 것마냥 말끔했는데 아침이 되자 돌연 눈보라가 치기 시작했다. 누구는 눈의 여왕이 마차를 거칠게 몰고 지나가나 보다 했고 누구는 그저 북풍이 눈구름을 몰고 온 탓이라 했다.

광장 분수대의 천사 나팔수와 키가 엇비슷한 여자아이가 몸을 숙인 채 걷고 있었다.

난나였다.

강풍이 몸을 떠미는데도 난나는 발길을 돌리거나 멈추지 않았다. 성냥 다발을 넣어둔 앞치마 주머니를 꼭 그러쥐고서 광장을 가로질러 갔다. 난나는 거리에서 성냥을 파는 아이였다.

사람들은 난나를 그냥 성냥팔이라 불렀다. 거리의 장사꾼이나 심부름꾼은 이름으로 불리는 법이 없었다. 똥통을 지고 다니는 막스 할아버지는 똥지게꾼, 장작을 파는 디테 아줌마는 땔감장수, 밤마다 마을을 순찰하고 가로등의 기름을 채우는 프레벤 아저씨는 그냥 야경꾼이었다.

하지만 난나는 사람들의 이름을 다 외우고 있었다. 세상 모든 것들에겐 이름이 있고, 오가다 마주치면 꼭 이름을 불러줘야 한다는 걸 알기 때문이다.

지금 분수대에서 눈을 뒤집어쓰고 있는 천사 나팔수의 이름은 '다섯째'였다. 『요한묵시록』이라는 책에 보면 나팔을 부는 일곱 명의 천사가 등장하는데, 난나네 마을 광장 분수대에 있는 건 그중 다섯째 천사였다. 돌아가신 할머니가 들려준 이야기니까 틀림없었다. 할머니는 이 거리에서 아는 게 가장 많은 노인이었으니까.

"다섯째 천사가 나팔을 불면 지옥에서 악마 아바돈이 기어나온단다."

그리고 난나는 이 거리에서 할머니의 이야기를 가장 귀담아 듣는 아이였다.

다섯째는 나팔을 부는 척하고 있지만 자세히 보면 입술과 나팔 사이에 틈이 있었다. 난나의 검지 두 개가 들어가고도 남을 만큼의 공간이었다. 그래서 난나는 다섯째가 아바돈을 불러낼 마음이 없다는 걸 알고 있었다.

아침도 못 먹고 나선 길인데 난나는 여태 성냥을 한 다발도 팔지 못했다.

오늘은 한 해의 마지막 날이었다.

사람들에겐 성냥을 사는 것보다 훨씬 중요한 일들이 있는 날이었다. 정육점에서 통통한 거위를 사다가 구워야 하고, 아름다운 도자기 그릇과 과일 절임도 꺼내둬야 했다. 아껴두었던 새하얀 식탁보를 꺼내어 깔고, 자두와 사과로 속을 꽉 채운 거위 구이로 만찬을 차려야 했다.

할머니가 돌아가신 뒤로 난나의 세상에선 사라진 일들이었다. 아빠는 늘 술에 취해 있었고, 언제부턴가는 어제와 오늘이 다른 날이라는 사실조차 잊은 듯했다. 그래서 난나도 어제와 다를 바 없이 손이 시리고 배가 고팠다.

"성냥 사세요! 부인, 성냥 사세요! 불이 잘 붙는 성냥이랍니다."

난나가 방금 마차에서 내린 귀부인에게 달려갔다. 하지만 귀부인은 들은 척도 않고 마차 안만 들여다보았다. 잠시 후 난나 또래 남자아이가 마차에서 내렸다. 무릎까지 내려오는 두툼한 코트에 놋쇠 장식을 달고, 가죽으로 만든 어깨걸이를 두른 아이였다. 엄마에게 야단이라도 맞았는지 처음부터 심통 난 얼굴이더니, 난나를 보자마자 눈을 걷어차는 것이었다.

"저리 안 가!"

난나는 뒷걸음질하다가 정육점 바람벽까지 떠밀렸다.

귀부인이 마차에서 누군가를 끄집어 내렸다. 남자아이보다 반 뼘 정도 큰 키에, 긴 벨벳 치마를 입은 여자아이였다. 여자아이는 무슨 일인지 붉은 보자기를 얼굴에 뒤집어쓰고 있었다. 난나가 잘못 본 게 아니라면 손도 헝겊 끈으로 꽁꽁 묶인 채였다.

여자아이가 몸부림을 쳤지만 귀부인은 팔로 아이의 몸통을 감싸고서 정육점 옆쪽의 계단길로 접어들었다. 계단길은 종려

나무 골목으로 이어지고 그 끝에는 루드비 의사 선생님의 집이 있었다. 아무래도 여자아이가 병에 걸린 모양이었다.

세 사람이 지나간 자리에는 거뭇한 얼룩들이 남아 있었다. 검고 끈적끈적한 액체가 계단길을 따라 이어져 있었던 것이다. 허리를 구부리고 얼룩을 살피던 난나가 다시 광장 쪽으로 몸을 트는데 누군가 난나 옆에 섰다.

정육점 에리크 아저씨였다.

"날씨 한번 요란하네."

아저씨는 눈보라가 몰아치는 하늘을 올려다보며 턱을 북북 긁어댔다. 그 순간 아저씨의 턱에서 뭔가가 툭 떨어져 내렸다. 붉은빛의 갈색 수염 뭉텅이였다. 난나의 치맛단이 풀럭거릴 정도로 바람이 부는데도 수염은 흩어져 날아가지 않았다. 수염이 커다란 살점에 붙어 있었던 것이다. 아저씨는 살점이 떨어져 나간 턱을 싸쥐고 주변을 둘러보다가 난나와 눈이 마주쳤다.

"넌 아무것도 못 본 거다. 알았지? 어디 가서 입을 놀렸다간 큰구덩이에 던져버릴 테야."

마을 바깥 황무지에 있는 '큰구덩이'는 돌림병에 걸린 사람이

나 가족이 없는 떠돌이들의 시신을 던져 넣는 공동묘지였다.

"좀도둑 제페 이야기 알지? 그놈이 나중에 어찌 되었는지 말이다!"

마을에서 좀도둑 제페 이야기를 모르는 아이는 없었다. 제페는 정육점에서 소시지를 훔치다가 붙잡혀서 산 채로 큰구덩이에 던져졌다고 했다. 누구는 큰구덩이에 끌려가기 전에 이미 에리크 아저씨한테 맞아 죽었다고도 했다. 어쨌든 그 뒤로 제페를 봤다는 사람은 없었고 마을 어른들은 아이들을 으를 때마다 제페처럼 큰구덩이에 끌려가고 싶으냐고 했다.

난나는 비명이 새 나오려는 걸 꾹 참고 고개를 끄덕였다.

"뭐 해? 알아들었으면 썩 꺼지지 않고!"

아저씨의 호통에 난나는 고개를 숙이고 종종걸음쳤다.

눈보라가 몰아치는 광장엔 사람들의 발길이 뜸했다. 나팔을 든 다섯째만이 분수대 위에서 난나를 굽어보고 있었다.

"다섯째야, 너도 아까 그거 봤어? 아, 아니다, 너도…… 춥지?"

난나는 에리크 아저씨의 수염 이야기를 하려다 말고 급히 말머리를 돌렸다. 아저씨의 으름장이 떠올랐던 것이다.

다섯째는 대답이 없었다.

사실 지난가을만 해도 다섯째는 수다쟁이였다. 광장 한복판
에서 마을을 두루 살펴두었다가 난나만 보면 고시랑고시랑 이
야기보따리를 풀어놓았던 것이다. 예배당 종지기 할아버지가

디테 이모의 앞니를 부러뜨렸다는 걸 난나에게 일러준 것도 다섯째였다. 하지만 추위가 시작되고, 아빠의 술주정과 매질이 심해진 뒤로 다섯째는 입을 다물어버렸다. 난나는 그게 다섯째의 탓이 아니란 걸 알고 있었다.

난나에게서 마법이 떠나간 것일 뿐이었다.

세상에서 가장 무서운 게 외로움과 배고픔이란 걸 알아버리면 마법은 아이 곁을 떠날 채비를 하는 법이니까. 난나는 까치발을 딛고서 다섯째의 나팔을 쓰다듬었다.

"예전처럼 네가 내 이름을 불러주면 좋을 텐데."

하지만 다섯째는 말이 없었고 대신 어디선가 섬뜩한 외침이 날아들었다.

"캬하하아악! 크하하악!"

괴성이 들려온 곳은 광장 서쪽 끄트머리 요하네 아줌마네 집 쪽이었다. 눈보라에 가려져 잘 보이진 않았지만 누군가 아줌마네 집 2층 창밖으로 팔을 허우적거리고 있었다. 난나는 조심스레 그쪽으로 걸음을 옮겼다. 방금까지 2층 창가에 있던 사람은 사라지고 없었지만 그 아래쪽 눈밭에 거뭇한 액체가 사방으로 튀어 있었다.

계단길에서 보았던 것과 비슷하면서도 조금 다른 얼룩이었
다. 전체적으로 거뭇하긴 했지만 아까 것보다 훨씬 양이 많고
묽었다. 눈밭으로 스며든 부분은 붉은빛이 선명했는데 그건 난
나도 아는 것이었다.

피였다. 누군가 저 위에서 피를 잔뜩 토한 것이었다. 핏물 사
이에는 살점들도 섞여 있었다.

"아악!"

난나는 소리를 지르며 주저앉고 말았다.

난나를 일으켜 세운 건 땔감 장수 디테 아줌마였다.

아줌마는 난나를 두어 발짝 물러서게 한 뒤 핏물을 들여다보
았다.

"젠장! 그때랑 똑같잖아!"

혼잣말 끝에 아줌마는 발끝으로 눈을 차서 핏자국을 덮어버

렸다.

"저쪽에도 비슷한 얼룩이 있어요. 어떤 언니가 흘리고 갔어
요."

난나가 계단길 쪽을 가리켰다. 하지만 아줌마는 난나 말을 흘
려들었는지 딴소리를 했다.

"난나, 오늘은 일찍 집에 들어가는 게 좋겠다. 한 해의 마지막
날인 데다 눈보라도 이리 심하니까 말이다."

눈보라 때문에 집에 가라니, 난나는 이해할 수가 없었다. 그
건 친절한 귀부인과 신사들이나 할 법한 소리였다. 어린 성냥팔
이를 염려해줄 줄은 알지만 배고픔은 이해 못하는 사람들 말이
다. 하지만 성냥을 팔지 않으면 빵이나 뗼감을 구할 수가 없었
다. 할머니만 살아계셨다면 난나도 당장에 집으로 돌아갔을 것
이다. 하지만 지금 집에는 싸늘하게 식은 벽난로와 술에 취한
아빠밖에 없었다.

"아직 성냥을 한 다발도 못 판걸요."

난나가 뾰로통하게 대꾸하자 디테 아줌마는 혀로 부러진 앞
니를 문지르며 눈을 치떴다. 한참이나 눈보라에 가려진 하늘을

올려다보던 아줌마는 장작 다발을 눈밭에 내려놓고 난나와 키를 맞추었다.

"난나야, 무슨 일이 생기면 조용히 숨어 있어야 돼. 비명을 질러서도 안 되고 함부로 길에 나다녀서도 안 돼. 꼭 살아서 다시 만나자꾸나. 부디 마법이 우릴 지켜주길."

아줌마는 난나를 꼭 안아주고서 일어섰다. 장작개비가 든 왕골 바구니를 짊어지고 또 두 팔로는 장작 다발을 안고서, 아줌마는 천천히 눈보라 속으로 사라졌다.

난나는 마법이란 말에 속이 상했다. 아줌마는 난나에게서 마법이 떠나가고 있다는 걸 모르는 눈치였다. 얼어붙은 분수대의 다섯째도, 호랑가시나무 길에 있는 주석 병정 윌렌슐레게르 씨도, 모르텐 판사의 저택에 있는 독수리 조각상들도 입을 다물어 버린 지 오래였다.

물론 마지막 마법 하나가 남긴 했다. 아니, 남았다기보다 확인해보지 않았다고 해야 할 것이다. 그것마저 사라졌단 걸 알고 나면 슬퍼서 견딜 수가 없을 것 같아서였다.

난나가 앞치마 주머니의 성냥 다발을 만지작거리는데 저만치 눈보라 속에서 누군가 다가오는 것이었다. 아까보다 한층 짙어진 눈보라 탓에 대여섯 발짝 거리까지 좁혀지고 나서야 난나는 상대의 얼굴을 알아볼 수 있었다. 야경꾼 프레벤 아저씨였다.

"난나로구나. 한낮인데도 앞이 이리 안 보여서야 원! 암만 해도 가로등을 미리 켜 둬야겠다. 안 그러면 마차들이 가로등을 들이박겠어."

아닌 게 아니라 아저씨는 나무 사다리와 기름 주머니를 들고 있었다.

"아저씨, 성냥은 안 필요하세요? 아시겠지만 제 성냥은 불이 아주 잘 붙는답니다."

"미안하구나, 난나야. 성냥은 충분하단다."

아저씨는 요하네 아줌마네 집과 호랑가시나무 길 사이에 있는 가로등에 불을 켰다. 두 번째 가로등 쪽으로 가던 아저씨는 난나에게 다시 돌아와 뭔가를 내밀었다. 사과였다.

"우리 딸이 점심으로 챙겨준 건데 이상하게 입맛이 없구나. 새해맞이 선물이라 생각하고 받으렴."

프레벤 아저씨는 주춤거리고 선 난나에게 사과를 쥐어주었다.

"눈의 여왕도 무심하시지. 한 해의 마지막 날에 이게 뭐람. 밤 새 일한 야경꾼이 낮에도 쉬질 못하니, 열도 끓고 몸은 끈끈한 기름이 낀 것처럼 말을 듣질 않는구나. 얼른 일 끝내고 가서 쉬

어야겠다."

그 순간, 마른세수를 하는 아저씨의 얼굴에서 빵 조각 같은 게 툭툭 떨어져 내렸다. 놀란 난나가 아저씨의 얼굴을 살피려는데 '휘잉!' 세찬 눈보라가 둘 사이를 치고 들어왔다.

"그럼 난 간다. 새해 복 많이 받아라, 난나."

난나가 눈보라에 몸을 움츠리는 사이에 아저씨는 다음 가로등 쪽으로 떠났다.

"잘 먹을게요, 아저씨. 새해 복 많이 받으세요!"

난나는 급히 아저씨가 사라진 쪽에 대고 손을 흔들었다.

'아저씨 얼굴에서 떨어지던 게 뭘까? 에리크 아저씨의 턱에서 살점이 떨어졌었는데 혹시 프레벤 아저씨도? 아니야, 눈송이가 날리는 걸 착각했을 거야.'

난나는 머릿속에 들끓는 생각들을 도리질로 털어버리고서 제 손에 놓인 사과를 보았다.

올해 들어 처음 만져보는 사과였다. 할머니가 만들어주시던 사과잼과 사과파이의 새콤하고 달착지근한 맛이 혀끝에 살아나는 듯했다. 난나는 침이 고였다. 당장이라도 와작와작 깨물어

먹고 싶었다. 하지만 사과를 입에 가져가려는 순간…… 아빠의 얼굴이 떠올랐다.

술값을 마련하느라고 할머니가 만든 침대보와 바람막이 커튼도 내다 팔아버린 아빠였다. 난나가 성냥을 팔아 번 돈도 술값으로 다 써버리는 아빠였다. 난나는 그런 아빠가 무섭고 미웠다. 그래도 이 사과는 나눠 먹고 싶었다.

오늘은 한 해의 마지막 날이니까.

묵은 잘못들을 용서하고, 함께 찬송을 부르고 만찬을 나누는 날이니까.

난나는 사과를 앞치마 주머니에 넣었다. 주머니가 그득해지니까 기분이 좋아졌다. 에리크 아저씨의 으름장도 디테 아줌마의 이상한 말들도 벌써 잊혔다. 왠지 성냥도 어제보다 많이 팔 수 있을 것 같았다.

어디로 갈지 고민 끝에 난나가 고른 길은 호랑가시나무 울타리와 너도밤나무 숲 사잇길이었다. 그 길 끝에는 모르텐 판사의 저택이 있었다. 난나는 며칠 전 저택의 시녀들이 드레스 가게 앞에서 나누던 대화를 기억하고 있었다. 한 해의 마지막 날에,

판사의 저택에서 송년 파티가 열린다는 것이었다. 파티에 오는 손님들 중에 성냥이 필요한 사람들이 있을지도 몰랐다. 난나는 몹시 들떴다. 벌써 성냥을 대여섯 다발쯤 팔아치운 기분이었다.

길의 왼편으로는 호랑가시나무 울타리가 2미터 높이로 빼곡하게 늘어서 있고 중간에 띄엄띄엄 주석 병정들이 세워져 있었다. 울타리 너머는 모르텐 판사의 땅이었다. 길 오른편은 너도밤나무 숲이었다.

뿌연 눈보라가 들어차서 길이 어둑어둑했다. 난나는 혹시라도 마차가 달려올까 봐 호랑가시나무 울타리에 바싹 붙어서 걸었다. 그런데 아까부터 울타리 너머에서 뭔가가 바스락거리며 난나를 따라오는 것이었다. 언뜻언뜻 숨을 할딱거리는 소리가 들려서 난나는 판사네 개들이 재미 삼아 따라오나 보다 생각했다. 하지만 주석 병정을 세우느라 가시나무 울타리가 조금 헐거워진 곳에 이르자 숨소리는 괴성으로 돌변했다.

"하아악아하학! 크하아하하학!"

울타리 안쪽에서 팔 하나가 불쑥 튀어나와 난나의 어깨를 움켜쥐었다.

"아악!"

난나는 가까스로 손을 뿌리치며 길 쪽으로 굴렀다. 울타리 안쪽에서 뻗어 나온 손은 여전히 허공을 더듬고 있었다. 옷은 찢겨 나갔고 맨살이 드러난 팔뚝은 군데군데 살점이 떨어져 나간 상태였다. 상처마다 검고 찐득한 피가 새 나오고 있었다. 이윽고 얼룩덜룩한 얼굴 하나가 호랑가시나무 틈새를 비집고 나왔다.

난나는 소리를 지르려다 말고 제 입을 틀어막았다. 순간 비명을 질러선 안 된다던 디테 아줌마의 말이 떠올랐던 것이다. 난나는 두 손으로 제 입을 가린 채 오들오들 떨었다.

그 얼굴은 사람의 것이 아니었다.

눈 주변의 피부는 거뭇하게 변해버렸고 팔뚝과 마찬가지로 여기저기 살점이 뜯겨 나간 채였다. 정수리와 이마에서 흘러내린 검은 피가 얼굴에 갈래갈래 검은 줄을 드리우고 있었다. 난나가 아는 말 중에는 저토록 괴이하고 끔찍한 것을 가리키는 단어는 없었다.

"캬하아아아악!"

그것이 검은 피에 물든 잇몸과 이빨을 드러내며 울부짖었다.

'디테 아줌마는 저게 뭔지 알고 있었던 거야.'

난나는 아까 디테 아줌마의 이야기에 귀를 기울이지 않은 걸 후회했다.

일단 달아나야 했다.

난나는 얼른 일어나서 모르텐 판사의 저택 대문을 향해 뛰었다. 어서 가서 어른들에게 이 사실을 알려야 했다. 첫 번째 굽잇길을 돌아가자 주석 병정 윌렌슐레게르 씨가 나타났다. 야경꾼 프레벤 아저씨보다도 키가 한 뼘이나 큰 주석 병정이 난나를 내려다보고 있었다.

"윌렌슐레게르 씨, 방금 너무 끔찍한 걸 봤어요."

난나는 옛 친구를 꼭 껴안았다.

마법이 떠나기 전 윌렌슐레게르 씨는 신들의 이야기를 들려주던 친구였다. 윌렌슐레게르 씨가 들려주던 외눈박이 신 오딘, 천둥의 신 토르 이야기는 할머니의 옛날이야기만큼이나 재미있었다.

윌렌슐레게르는 유명 작가인 아담 고틀로브 윌렌슐레게르_{안데}르센과 같은 시대에 활약한 유명 시인이자 극작가의 이름에서 따온 것이었다. 난나는 몇 해 전 마을에 찾아온 헌책 장수에게서 그 이름을 처음 들었다.

"위대한 작가 아담 고틀로브 윌렌슐레게르의 책도 있습니다요!"

헌책 장수는 종일 그 이름을 외치고 다녔고, 난나는 그 이름을 기억해 두었다가 주석 병정에게 선물했던 것이다. 이야기꾼인 주석 병정에게 그보다 더 잘 어울리는 이름은 없을 테니까. 하지만 언제부턴가 윌렌슐레게르 씨는 입을 다물어버렸다. 난나가 덜덜 떨고 있었지만 주석 병정은 위로의 말 한마디 해주지 않았다.

"안녕히 계세요, 윌렌슐레게르 씨!"

난나는 옛 친구를 두고 내달렸다. 이제는 난나도 알고 있었다. 주석 병정은 쇳물을 부어서 만든 조각상일 뿐이란 걸, 비를 맞으면 비린내가 나고 새들이 제 머리에 똥을 싸도 닦을 줄 모르는 놋쇠덩어리란 걸…….

굽잇길을 돌고 돌아온 골바람이 난나를 떠밀었고 눈보라도 쉴 새 없이 난나의 목덜미를 할퀴었다.

'어깨걸이가 있었으면 좋았을 텐데.'

한때는 난나에게도 어깨걸이가 있었다. 할머니가 뜨개질로 만들어 준 빨간색 어깨걸이였다. 하지만 지난달에 아빠는 난나 몰래 어깨걸이를 떠돌이 헌 옷 장사에게 팔아버렸다. 물론 그 돈은 고스란히 아빠의 술값이 되었다. 난나가 성냥을 판 돈을 들고 헌 옷 장사를 찾아갔지만 어깨걸이는 영영 사라지고 없었다. 헌 옷 장사가 어깨걸이의 실을 풀어서 아기용 빨간 모자들로 만들어버린 것이었다.

난나는 시린 손을 호호 불다가 사과가 걱정이 되어 앞치마 주머니에 손을 넣었다. 다행히 사과는 그대로 있는데 성냥 다발이 반이나 사라지고 없었다. 아까 길바닥에 굴렀을 때 흘린 모양이었다. 하지만 성냥을 찾으러 갈 엄두는 나지 않았다. 그 끔찍한 것을 다시 보고 싶지는 않았다.

남은 성냥을 다 팔면 5스킬링을 벌 수 있었다. 누가 3스킬링만 준다면 난나는 성냥 다발을 모조리 줘버릴 생각이었다. 3스킬링이면 큼지막한 빵을 살 수 있으니까. 빵을 사서 얼른 집에 가고 싶었다.

네 번째 주석 병정을 지나칠 때였다. 맞은편에서 누군가 달려오는 것이었다. 드디어 사람을 만났다는 생각에 난나도 힘을 내어 달렸다. 어슴푸레하던 모습이 눈보라를 뚫고 차츰 선명해졌다. 둘이었다. 머리가 헝클어진 아줌마가 앞서 도착했고 곧이어 대여섯 살쯤 돼 보이는 남자아이가 따라붙었다. 꼬마는 엉엉 울고 있었고 아줌마의 얼굴은…… 메마른 살점들이 툭툭 떨어져 내리고 있었다. 난나가 놀라서 달아나려는데 아줌마가 난나를 불렀다.

"애야, 잠깐만."

그건 사람의 음성이었다. 호랑가시나무 틈새의 그것이 내지르던 쇳소리와는 달랐다.

"딱하지. 추…… 추워 보이는구나."

아줌마는 자기 목에서 스카프를 풀어서 난나의 목에 단단히 감아주었다.

"애야, 시…… 시간이 없구나. 나도 곧 겨울시체가 될 거다."

"겨울시체요?"

난나는 겨울시체란 말을 처음 들어보았다. 오늘 마을 곳곳에서 마주쳤던 그 흉측한 존재들을 일컫는 말인 듯했다.

"눈의 여왕의 저주로 인간을 물고 뜯는 괴물 말이다."

"저는 눈의 여왕이나 저주 같은 건 믿지 않아요. 마법이 저를 떠났거든요."

"마법은 훌쩍 떠나버리지만 재앙은 멀리 가지 않는단다. 언제고 인간에게 돌아오지. 나…… 나도 내 눈으로 직접 보기 전까지는 겨울시체가 그저 떠도는 전설인 줄만 알았다. 부디 이 스카프를 준 호의를 생각해서 우리 애를 돌봐다오. 너도 어린데 미…… 미안하구나. 재앙이 지나갈 때까지 우리 애를 너희 집에 숨겨다오!"

집이란 말에 난나는 아빠를 떠올렸다.

"아빠는 늘 술에 취해 있어요. 저 애한테도 욕을 퍼부을 거예요."

"너희 아빠가 무섭다 한들 겨울시체들만 하겠니? 곧 그것들이 마을을 뒤덮을 거다. 헤이덴마크어로 '안녕' 할 때만 해도 멀쩡하던 사람이 파르벨덴마크어로 '잘가요' 할 때는 겨울시체로 돌변해……."

아줌마는 말을 하다 말고 갑자기 목을 뒤로 꺾었다.

"얼흐어어얼! 도…… 도망가! 우리 애를 데리고 떠나."

아줌마는 몸을 뒤틀면서도 손을 내저었다.

"엄마! 그러지 마!"

꼬마가 울먹이며 엄마의 치맛자락을 붙들었다. 그 순간 "쿨럭!" 아줌마가 허공에 대고 검은 피를 뿜어냈다.

난나는 꼬마를 잡아끌고 무작정 너도밤나무 숲으로 뛰어들었다. 그러고는 시든 덤불 뒤에 몸을 숨겼다.

"엄마가…… 우리 엄마가……."

"쉿!"

난나는 훌쩍이는 꼬마의 입을 막았다.

"캬하하하학! 하아아아하학!"

길 쪽에서 괴성이 울렸다. 비트적거리는 발소리가 가까워졌

다 멀어지길 반복하다가 마을 광장 쪽으로 떠나갔다.

꼬마의 이름은 라스무스였다. 꼬마는 제 엄마가 얼마나 바느질을 잘하는지, 자수 솜씨는 또 얼마나 뛰어난지 줄줄이 늘어놓았다. 꼬마의 엄마는 모르텐 판사 집의 침방 하녀였다. 난나는 옷소매로 라스무스의 얼굴을 닦아주었다.

"좋아, 라스무스! 어른들한테 도와달라고 하자. 판사님 댁 문지기 코르피츠 할아버지를 알아. 할아버지는 상냥한 분이니까 분명 우릴 도와주실 거야."

"하지만 엄마가 판사님 집으로 절대 돌아가지 말랬는데……."

라스무스는 중얼거리면서도 판사의 집 대문까지 따라왔다.

난나의 기대와 달리 문지기 할아버지는 누굴 도와줄 만한 상황이 아니었다. 할아버지는 키가 큰 신사한테 목을 물어뜯기고 있었다. 신사는 라스무스의 엄마가 말한 겨울시체였다. 몸부림치던 코르피츠 할아버지가 땅바닥으로 넘어지자 드레스 차림의 겨울시체들이 몰려들었다.

창살 모양의 철제 대문 너머는 난나가 꿈에서도 본 적 없는 지옥이었다.

"누나, 무서워!"

겁에 질린 라스무스가 울음을 터뜨렸다.

그 소리에 겨울시체들의 눈이 대문 밖으로 쏠렸다. 손에 악기를 든 음악가들부터 저택의 하인들, 일찌감치 파티장에 도착한 신사들까지 죄다 살점이 떨어져 나간 몰골을 하고서 대문으로 몰려왔다. 수십 명이 한꺼번에 몰리자 대문이 출렁이기 시작했다.

난나는 라스무스를 데리고 너도밤나무 숲으로 다시 뛰어들었다.

부랑자들이 버리고 간 움막을 지날 즈음, 저 뒤에서 우지끈 소리가 났다. 겨울시체들이 기어이 대문을 무너뜨리고 저택 밖으로 쏟아져 나오기 시작한 것이었다.

"마을로 가자, 라스무스. 마을에는 목사님도 있고 의사 선생님도 있으니까 괜찮을 거야."

난나와 라스무스는 걷고 또 걸었다. 숲 그늘까지 치고 들어온 눈보라에 이가 덜덜 떨렸지만 난나는 꼬마의 손을 놓지 않았다. 숲은 마을 바깥, 샛강 다리 앞에서 끝이 났다. 그 너머는 황무지였고 그 어딘가에 큰구덩이가 있었다. 난나는 라스무스의 손을 잡고 마을로 향했다.

"누나, 우리 엄마도 마을에 있겠지? 의사 선생님이 우리 엄마 아픈 거 고쳐주겠지?"

작년의 난나였다면 망설임 없이 그렇다고 말해주었을 것이다. 하지만 난나는 거짓 희망은 날카로운 가시라는 걸 알고 있었다. 품으면 품을수록 마음의 살갗을 아프게 찔러대는 게 헛된 희망이었다.

작년까지만 해도 난나는 돌아가신 할머니가 천사가 되어 자신을 만나러 와주리라 믿었다. 하지만 할머니는 꿈에서도 볼 수가 없었다. 어쩌면 마법이 떠나버린 건 추위와 배고픔이 무서워서가 아니라 더는 할머니를 기다리지 않게 되었기 때문인지도 몰랐다.

"의사 선생님이 약을 지어주면 엄마랑 나랑 또 같이 살 수 있지?"

라스무스가 또 물었다.

"나도 몰라. 하지만 마을에 가면 뭔가 알아낼 수 있을 거야."

그러자 라스무스는 난나를 올려다보았다.

"누나, 마을에서도 나랑 같이 있을 거지? 나 혼자 두고 가면 안 돼."

오늘은 성냥을 하나도 팔 수 없을 것이다. 겨울시체들이 눈보라 속을 뛰어다니는데 한가하게 성냥을 사줄 사람은 없을 테니까. 아빠는 성냥팔이가 성냥을 많이 못 파는 건 쓸모없는 사람이라는 증거라 했다. 하지만 성냥을 한 다발도 못 팔았어도 난나는 누군가에게 필요한 사람이었다.

"약속할게, 라스무스. 절대 너 혼자 두지 않을 거야."

난나는 꼬마의 손을 힘주어 잡았다.

눈보라에 싸인 마을은 겨울시체들의 쇳소리와 사람들의 비명으로 들끓었다. 어디서 무슨 일이 벌어지는지 알면 피해갈 텐데 눈보라에 가려 대여섯 발짝 너머의 세상은 보이지도 않았다. 난나는 할머니가 습관처럼 하던 말을 떠올렸다.

"어디서 뭣이 튀어나올지, 한 치 앞을 내다볼 수가 없는 게 인생이란다."

난나는 지금 마을에서 벌어지는 일들이 꼭 할머니가 말한 인생 같았다. 마법이 걷힌 후의 인생이란 원래 이토록 지독하고 참혹한 것인지도 몰랐다. 하지만 난나는 할머니의 그다음 말도 기억하고 있었다.

"그래도 할머니는 우리 난나가 있어서 무섭지 않구먼."

난나는 할머니의 말을 떠올리며 라스무스의 정수리를 보았다. 난나도 라스무스가 있어서 덜 무서웠다.

마을 안으로 들어서자 골목골목 겨울시체들이었다. 그나마 프레벤 아저씨가 가로등을 켜둔 덕에 마을 광장과 골목의 위치를 가늠할 수 있었다. 난나는 프레벤 아저씨의 얼굴에서 빵 부스러기 같은 게 떨어지던 걸 기억해냈다. 아저씨는 겨울시체로 변해가면서도 마지막까지 가로등을 켰던 것이다.

이따금 바람에 뭔가 구르는 소리가 날 때마다 겨울시체들은 그곳으로 몰려갔다. 난나와 라스무스는 발소리를 죽여 가며 계단길 쪽으로 향했다. 하지만 정육점과 계단길 사이의 광장에 겨울시체들이 들어차 있었다. 루드비 의사 선생님 집으로 가는 길도 예배당으로 가는 길도 막힌 셈이었다.

"안 되겠다. 그냥 우리 집으로 가자."

난나는 라스무스를 데리고 광장 샛길로 접어들었다. 하지만 좁은 샛길에 익숙하지 않은 라스무스가 어느 가게 앞 나무의자에 걸려 넘어지고 말았다. 순간 세상의 소리들이 다 증발해버린 듯한 고요가 찾아들었다. 곧이어 폭발적인 괴성과 함께 놈들이 샛길로 몰려오기 시작했다. 난나는 라스무스의 손을 잡고 뛰었다.

난나와 아빠는 모자 가게 주인의 3층집 다락에 세 들어 살고 있었다. 난나는 나무계단을 타고 다락집으로 뛰어올라갔다. 겨울시체들의 쇳소리와 발소리가 점점 가까워지고 있었다. 하지만 다락집 문이 잠겨 있었다. 아빠가 안에서 걸어 잠근 것이었다.

"아빠! 난나예요. 어서 문 열어주세요!"

난나가 문을 두드렸다.

아빠는 겨울시체들이 옆집 모퉁이에 다다랐을 즈음에야 문을 열었다.

"왜 이리 늦었어? 성냥은 다 팔았지?"

아빠는 야단하다 말고 라스무스를 내려다보았다.

"손님은 누구든 사절이다. 특히나 저리 뻔뻔하게 빈손으로 찾아오는 손님은 말이다."

말이 끝나기 무섭게 아빠는 난나의 멱살을 다락집 안으로 끌어들였다. 그러고는 라스무스를 밖에 남겨둔 채 문을 잠갔다.

철컥!

"난나 누나!"

라스무스가 문을 두드리며 소리쳤다.

아빠가 험악한 얼굴로 버티고 있어서 문을 열 수도 없었다. 저대로 두면 겨울시체들이 계단을 타고 올라와 라스무스를 공격할 터였다. 난나는 눈물이 찔끔 났지만 지금은 울 때가 아니었다. 어떻게든 라스무스를 구해야 한다.

손톱을 잘근거리며 궁리한 끝에 난나는 창가로 뛰어갔다. 가림막 역할을 하던 널빤지를 치우자 골목이 내려다보였다. 골목 끄트머리에 점점이 겨울시체들의 머리통이 보였다. 난나는 도자기로 만든 물병을 집어 들었다. 멀쩡했다면 진작 아빠의 술값으로 팔려나갔을 텐데 주둥이 부분에 금이 간 덕에 여태 집에

둘 수 있었던 것이다. 난나는 물병을 앞집 지붕 너머로 힘껏 던 졌다.

픽!

물병은 앞집 너머 골목 어딘가에서 박살이 났고 겨울시체들 은 그 기척을 쫓아 이동하기 시작했다. 난나가 창틀에 걸어두었 던 빈 화분도 던지려는데 아빠가 다가왔다.

"한 해의 마지막 날에, 이 아빠를 위해 만찬은 못 차릴망정 살 림살이를 내던져?"

아빠는 이마를 짚으며 고개를 저었다. 그 순간 아빠의 얼굴에 서 마른 살점들이 떨어져 내렸다.

"아…… 빠……."

"목이 탄다, 난나. 입이 자꾸 마르고 몸이 말을 듣질 않는구나. 네가 가서 수…… 술을 좀 구해 와야겠다. 허어억어억!"

아빠는 입에서 검은 피가 뿜어져 나왔다.

"이게 다 네 탓이다, 난나! 네 녀석을 찾으러 나갔다가 야경꾼 놈한테 팔뚝을 물렸지 뭐냐! 크허억어억!"

아빠는 목을 뒤로 꺾으며 경련을 일으켰다.

"아빠, 제발요! 아빠!"

난나가 울면서 애원했지만 아빠는 기어이 겨울시체로 변해 버렸다. 한때 난나의 아빠라 불리던 존재는, 저 바깥에 우글거리는 겨울시체들의 형제가 되었다. 그는 난나가 딸이라는 사실

조차 알아보지 못했다.

"크하하학하아악!"

겨울시체는 창문을 등지고 선 난나에게 달려들었다. 난나는 두 손으로 얼굴을 가리며 주저앉았고 겨울시체는 썩은 나무 창틀을 부러뜨리며 골목으로 추락했다.

퍽!

둔탁한 마찰음이 울렸고 멀리서 겨울시체들이 몰려오는 소리가 났다.

난나는 눈물을 훔치고는 서둘러 다락집 문을 열었다.

"라스무스!"

하지만 라스무스는 사라지고 없었다.

난나는 나무계단을 뛰어 내려가며 소리쳤다.

"라스무스! 어디 있니?"

그때 난나의 집보다 더 들어간 골목 쪽에서 소리가 울렸다.

"누나! 여기야!"

"라스무스, 조용히 하고 거기 있어! 누나가 갈게!"

하지만 집 앞 골목은 막혀 있었다. 광장 쪽에서는 겨울시체들

이 몰려오고, 집 바로 아래쪽에선 난나의 아빠였던 겨울시체가
몸을 일으키고 있었다. 골목에 떨어지면서 목이 한쪽으로 꺾였
는데도 겨울시체는 죽지 않았다. 놈은 난나를 발견하자마자 달
려왔다.

"크하아아악! 캬하하학!"

난나는 골목길 대신 집과 집 사이의 비좁은 틈새로 들어갔다.
거긴 고양이들과 시궁쥐들, 숨바꼭질을 하는 동네 아이들만 드
나드는 곳이었다. 이제는 난나도 옆걸음으로 간신히 지나갈 수
있었다. 틈새가 끝나는 곳에 작은 골목이 있었고 라스무스는 그
너머의 틈새에 있었다. 몸집이 커다란 겨울시체 하나가 라스무
스를 잡으려고 틈새에 팔을 밀어 넣어 휘젓고 있었다.

"크허억허허헉!"

놈은 몇 시간 전만 해도 정육점에서 만찬용 거위를 팔던 에
리크 아저씨였다.

라스무스는 틈새에 웅크린 채 울고 있었다. 난나는 조심스레
골목으로 나와서 쪼그리고 앉았다. 그러고는 겨울시체의 다리
사이로 라스무스와 눈을 맞추었다.

'누나!'

라스무스가 입 모양으로 말하자 난나는 조용히 골목 안쪽을 가리키고는 뛰는 시늉을 해 보였다. 꼬마가 고개를 끄덕이자 난나는 눈덩이를 단단히 뭉쳐서 광장 방향으로 던졌다. 툭! 눈덩이가 눈밭에 떨어지자 겨울시체가 비트적거리며 그쪽으로 발길을 옮겼다.

"지금이야, 라스무스!"

난나가 속삭이자 라스무스는 틈새에서 기어 나와 골목 안쪽으로 뛰어갔다. 난나도 라스무스를 좇아 뛰었다. 골목은 마을 뒷길로 이어져 있었고, 그 길은 다시 마을을 드나드는 큰 마찻길과 합쳐졌다. 눈보라를 헤치고 큰길에 이르렀을 때 난나와 라스무스는 마차들이 마을을 빠져나가는 걸 보았다.

"피난을 가는 건가 봐. 우리도 태워달라고 하자."

난나는 라스무스의 손을 잡고 마찻길에 서서 다음 마차가 오기를 기다렸다. 잠시 후 요란한 채찍 소리와 함께 눈보라 속에서 어렴풋하게 마차가 보였다. 난나는 잠시 라스무스의 손을 놓고 두 팔을 휘저으며 소리쳤다.

"신사 나리! 우리도 태워주세요! 다음 마을까지만 태워주세요! 신사 나리!"

하지만 마부는 난나를 들이받을 기세로 마차를 몰았다.

"저리 비키지 못해!"

난나는 라스무스를 끌어안고 가까스로 마차를 피했다. 그리고 마차가 샛강 다리 쪽 눈보라 속으로 사라지기 직전, 그 짧은 순간에 난나는 마차에 탄 사람들을 보았다. 루드비 의사 선생님네 가족이었다. 다행히 라스무스는 의사 선생님의 얼굴을 모르는 모양이었다. 의사 선생님이 엄마를 고쳐줄 거라 철석같이 믿고 있는 라스무스에게는 차마 사실을 말할 수 없었다.

"마차에 남는 자리가 없었나 봐. 다음에는 우릴 태워줄 마차가 꼭 올 거야."

"꼭?"

"응, 꼭!"

하지만 곧이어 도착한 건 마차가 아니었다. 비트적거리는 발소리와 쇳소리들이 점점 가까워지고 있었다. 마차를 뒤쫓아 온 겨울시체들이었다.

"아악!"

라스무스가 외마디 소리를 질렀다.

겁에 질린 라스무스는 난나의 품에 매달리다시피 안겼다. 달아나야 했다. 하지만 난나는 쉽사리 걸음을 뗄 수가 없었다. 무슨 일이 있어도 라스무스가 뒤를 돌아보게 해서는 안 되었다.
눈보라를 뚫고 등장한 겨울시체들 중에 라스무스의 엄마가 있
었던 것이다. 난나는 라스무스를 꼭 껴안은 채 그대로 눈밭에
주저앉았다.

"라스무스, 마법을 믿니?"

"응!"

"그럼 가장 신나는 마법을 떠올려 봐."

난나의 세상은 춥고 배가 고프고 불친절하고 섬뜩하기만 했
다. 하지만 꼬마 라스무스만큼은 즐거운 마법을 떠올리며 세상
과 작별하게 해 주고 싶었다. 난나는 라스무스를 더 꼭 껴안았다.

부움! 부우우움! 부움!

나팔 소리가 울린 건 그때였다.

부우우움! 부움! 부우움!

마을 광장 쪽이었다. 겨울시체들도 일제히 마을 쪽을 돌아보

왔다.

부우우우움!

나팔 소리가 다시 길게 이어지자, 겨울시체들이 비트적거리며 광장 쪽으로 이동하기 시작했다. 라스무스와 난나도 서로를 마주 보았다.

"누나, 누가 나팔을 부는 거야?"

난나는 눈을 끔벅거렸다. 가슴이 벅차올라서 말문이 쉽게 열리지가 않았다. 광장에서 나팔을 불어대는 건 천사 나팔수 '다섯째'가 분명했다. 다섯째가 지옥의 아바돈 대신 겨울시체들을 불러 모으고 있는 것이었다. 난나를 위해서였다. 다섯째는 난나의 마법에 속하던 친구였으니까.

마법이 난나에게 돌아온 것이다.

난나는 라스무스를 데리고 동네 끝집으로 갔다. 문이 꼭꼭 잠겨 있어서 둘은 처마 아래, 잡동사니들 틈에 자리를 잡고 몸을 웅크렸다. 난나는 발을 주물렀다. 아까 마차를 피할 때 구두도 벗겨져 달아나 버렸고 얇은 헝겊으로 감싼 발은 시리고 아렸다. 그래도 다섯째의 나팔 소리를 듣고 있으니까 맘이 놓였다.

"누나, 추워!"

라스무스의 입술이 파리했다.

난나는 앞치마 주머니를 뒤져보았다. 성냥 다발은 거의 다 사라지고 성냥개비 여남은 개만 남아 있었다. 그중 멀쩡한 것들만 추리자 여섯 개가 남았다. 난나는 그중 절반을 라스무스의 손에 쥐어주었다.

"맘속으로 보고 싶은 걸 떠올리고 성냥을 켜면, 불꽃 속에 그것들이 나타난대."

그건 윌렌슐레게르 씨가 난나에게 가르쳐 준 마법이자, 난나가 아무도 모르게 간직하고 있던 마지막 마법이었다. 난나는 그 마법마저 사라졌을까 봐 올해 들어서는 단 한 번도 성냥의 불꽃을 들여다보질 못했다. 하지만 다섯째의 나팔 소리가 용기를 주었다. 난나는 잠시 눈을 감고서 보고 싶은 것들을 떠올렸다.

치익! 첫 번째 성냥이 타올랐다. 불꽃 속에 놋쇠 뚜껑이 달린 커다란 쇠 난로가 보였다. 난나는 꽁꽁 얼어붙은 발을 녹이려고 난로 쪽으로 발을 뻗었다. 하지만 성냥불이 꺼지자 난로도 사라졌다.

치익! 두 번째 성냥이 타올랐다. 이번에는 크리스마스트리로 아름답게 장식된 방이 보였다. 새 식탁보를 깐 식탁에, 자두와 사과로 속을 채운 거위 구위가 있었다. 하지만 난나가 입맛을 다시자, 등에 나이프와 포크가 꽂힌 거위가 난나에게 달려드는 것이었다. 난나는 소스라쳤고 거위는 불꽃과 함께 사라졌다.

치익! 마지막 성냥이 타올랐다.

"난나야! 우리 아가!"

환한 빛 속에 할머니가 있었다.

"할머니! 정말 할머니예요?"

"그래, 아가. 이제 할미랑 같이 가자."

할머니가 두 팔을 벌렸다. 그 품으로 뛰어들기만 하면 이 지 긋지긋한 외로움도 배고픔도 끝이었다. 난나는 일어나서 할머 니에게 다가갔다. 따뜻한 빛이 난나를 감싸기 시작했다. 하지만 그 순간, 라스무스의 말이 머릿속에 울렸다.

'누나, 나 혼자 두고 가면 안 돼.'

같이 있어주기로 꼬마와 약속을 했던 것이다.

"서둘러라, 아가. 이 불꽃이 꺼지기 전에 가야 한다."

할머니를 감싼 빛이 점점 옅어지고 있었지만 난나는 고개를 저으며 뒤로 물러났다. 차가운 처마 밑에 꼬마만 두고 갈 수는 없었다. 할머니는 안타까운 표정을 지어 보이고는 불꽃과 함께 사라졌다.

부움! 부우우움! 부우움!

다섯째의 나팔 소리에 난나는 와짝 눈을 떴다. 저도 모르게 잠이 들었던 것이다. 꼬마 라스무스도 벽에 등을 대고 잠들어 있었다.

부우움! 붐!

나팔 소리는 아까보다 훨씬 가까운 데서 들려왔다.

"라스무스, 일어나! 곧 해가 질 거야. 여기서 잠들면 안 돼!"

난나가 어깨를 잡아 흔들자 라스무스가 가늘게 눈을 떴다.

"누나……. 나도 성냥 켰는데 불꽃 속에 아무도 없었어. 엄마 만나고 싶었는데."

"그래, 라스무스. 성냥불꽃은…… 그냥 금방 사라지는 거야. 괜한 기대를 하게 해서 미안해."

난나는 다시 앞치마 주머니를 뒤졌다. 프레벤 아저씨가 준 사과가 만져졌다. 묵직하게 앞치마 주머니 바닥에 처져 있던 덕에 여태 무사했던 것이다. 표면은 깨지고 상처투성이였지만 그래도 충분히 먹을 수 있는 상태였다. 난나는 손톱으로 사과 조각을 뜯어내어 라스무스 입에 넣어 주었다.

"라스무스, 이거 먹고 잠을 깨야 돼."

시큼한 즙이 넘어갔는지 라스무스가 입맛을 다시며 눈을 떴다. 난나가 사과 조각을 더 먹이자 꼬마의 얼굴에 차차 생기가 돌아왔다. 그러는 사이 다섯째의 나팔 소리는 점점 가까워졌다.

부우우움! 부움! 부우움!

어둑해진 날씨와 눈보라 탓에 마찻길 쪽이 잘 보이지 않았다.

하지만 무슨 일이 벌어지는지는 발소리로 알 수 있었다. 다섯째가 나팔을 불면서 말을 타고 앞서가고, 그 뒤를 겨울시체들이 줄줄이 쫓아가고 있었다.

"라스무스, 잠깐만 여기 있어. 겨울시체들이 어디로 가는지만 보고 올게."

난나는 라스무스의 손에 사과를 쥐어주고는 조심스레 마차 길 쪽으로 걸음을 옮겼다. 길가 바위 뒤에 몸을 숨긴 난나는 눈앞을 스쳐 가는 겨울시체들의 행렬을 보았다. 긴 망토를 두르고 황금 시곗줄을 늘어뜨린 신사가 비트적거리며 지나가는 게 보였다. 모르텐 판사였다. 겨울시체들은 샛강 다리를 건너 황무지로 갔다. 다섯째가 그것들을 황무지 어딘가로 끌고 가고 있었다.

"큰구덩이! 다섯째는 겨울시체들을 지옥의 구덩이로 몰아넣으려는 거야!"

난나는 라스무스에게로 돌아갔다.

"라스무스! 이제 괜찮아. 천사 나팔수가 겨울시체들을 다 끌고 나갔어. 누나네 집으로 가자."

집에 왔지만 먹을 것도 없고 불을 피울 나무와 성냥도 없었다.

난나와 라스무스는 이불을 돌돌 감고서 다락집 구석에 웅크리고 앉았다. 원래대로라면 다들 집에서 만찬을 벌일 시간이었다.

오늘은 한 해의 마지막 날이니까.

달이라도 환하면 좋을 텐데 밤에도 세상은 눈보라에 갇혀 있었다.

라스무스는 난나의 어깨에 기대어 잠이 들었다. 난나는 눈물이 날 것 같았다. 하지만 이빨로 입술을 꽉 깨물고서 울음을 참았다. 흐느껴 울면 라스무스가 깰 것이고, 그러면 녀석도 따라 울 테니까.

난나의 입술에 피 맛이 번질 즈음……

광장 쪽에서 누가 소리를 질렀다.

"난나! 성냥팔이 난나! 난나야!"

놀랍게도 누군가 난나를 부르고 있었다.

"난나야, 나 디테 아줌마야! 내 목소리 들리면 분수대 앞으로

와!"

난나는 라스무스를 흔들어 깨웠다. 그러고는 라스무스의 몸을 얇은 이불로 감싼 뒤 데리고 나갔다.

광장에는 횃불을 든 디테 아줌마와 헌책 장수 아저씨가 서 있었다. 몇 해 전 욀렌슐레게르의 책을 팔러 왔던 그 아저씨였다. 그리고 두 사람 뒤에는 덮개가 없는 마차가 서 있었다.

"어, 진짜네! 우리를 태워줄 마차가 꼭, 꼭 올 거랬는데, 난나누나 말이 맞았네!"

라스무스가 소리쳤다.

디테 아줌마가 달려와서 난나를 끌어안았다.

"난나, 역시 살아 있었구나. 겨울시체들을 다 살펴봤는데 네가 없더라고. 그래서 혹시나 하는 마음에 마을로 다시 와 봤단다."

디테 아줌마는 난나와 라스무스를 마차에 태웠다.

마부석에 앉은 헌책 장수 아저씨가 뒤를 돌아보았다.

"안녕, 꼬마들! 오늘 하루 꽤 힘들었던 모양이지? 그래도 그리 우거지 죽상을 하고 있진 말라고! 천하의 오딘도 추레하게 늙어가다가 늑대 펜리르에게 잡아먹혔고, 토르 신도 괴물뱀 요

르문간드를 죽인 후 겨우 아홉 걸음을 떼고 죽었다잖냐. 죽음과 재앙은 이 마을뿐 아니라 세상 어디나 있는 법. 그래도 우리 꼬마들에겐 이 친구들이 있다는 걸 기억하라고."

난나는 입이 떡 벌어졌다. 헌책 장수의 말투가 주석 병정 윌렌슐레게르 씨의 말투와 너무 비슷했기 때문이다. 난나는 잠시 어둠에 싸인 마을을 돌아보았다.

"우린 떠돌이들의 오두막으로 갈 거다. 봄이 오고, 마을이 안전해질 때까지 거기서 지낼 거야."

디테 아줌마가 라스무스를 자기 무릎에 앉히며 말했다.

마차는 황무지를 가로질러 달렸다. 라스무스는 디테 아줌마의 품에서 곯아떨어졌다. 눈보라가 차츰 옅어지고 하늘에 언뜻언뜻 별이 보이기 시작할 즈음, 황무지 한쪽에 거대한 불구덩이가 나타났다.

"저게 뭐예요?"

"그것들을 큰구덩이로 몰아넣고 불태웠다. 그 방법밖엔 없거든."

난나는 디테 아줌마와 불구덩이를 번갈아 보았다.

'그럼 다섯째가 디테 아줌마였어?'

그 순간 난나는 디테 아줌마의 발치에 커다란 나팔이 놓여 있는 걸 보았다. 말을 타고서 겨울시체들을 황무지로 끌고 간 건 천사 나팔수가 아니라 땔감 장수 디테 아줌마였던 것이다.

마법이 돌아온 게 아니었다.

"오래전, 그러니까 내가 너만 한 나이였을 때 겨울시체를 본 적이 있어. 오늘처럼 눈보라가 몰아치던 날, 마을 사람 누군가 가 겨울시체로 변했지. 그 겨울시체에게 물린 가족들이 거리로 뛰쳐나오면서 재앙이 시작되었다. 누구는 눈의 여왕이 내린 저 주라 했고, 또 누구는 신의 노여움이라 했지. 지독한 돌림병이 라고 주장하는 사람들도 있었다. 누구의 말이 옳은지는 아직 밝 혀지지 않았다. 확실한 건 그것들은 가끔씩 추운 겨울날에 나 타난다는 것과, 일단 겨울시체로 변하고 나면 다시는 인간으로 돌아오지 못한다는 사실뿐이야. 나도 그때 가족을 잃었단다, 난 나."

난나는 디테 아줌마를 꼭 안았다.

난나는 더 이상 마법이 돌아오기를 바라지 않았다. 마법이 사라진 세상에는 또 다른 기적이 찾아오기도 하는 법이니까. 디테 아줌마와 덮개가 없는 이 마차처럼 말이다.

차디찬 밤공기 속에서 한 해의 마지막 날이 떠나가고 있었다.

내일은 새해의 첫날이었다.

마지막 성냥이 꺼진 뒤에

안데르센 원작의 「성냥팔이 소녀」는 꽉 닫힌 결말을 가지고 있습니다.

마지막 성냥이 꺼진 뒤에 성냥팔이는 할머니를 따라 천국으로 떠나버렸으니까요. 남은 건 '발그레한 뺨에 미소를 머금은 채 어느 집 모퉁이에 웅크리고 있는' 아이와, 아이의 주검을 발견한 행인들뿐이었지요. 묵은해의 마지막 밤에 세상을 떠난 아이가 새해 아침의 햇살 속에서 발견된 것입니다.

그 견고한 결말의 빗장을 다시 열기로 하였을 때 가장 두려웠던 건, 성냥팔이 아이를 죽음만큼이나 참혹한 현실로 다시 불러내야 한다는 사실이었습니다. 할머니의 품에 안겨 천국으로 떠나려는 그 아이를 살을 에는 눈보라 속으로 또 끄집어내야 하니까요.

하지만 아이에게도, 그 아이를 눈밭에 버려둔 현실에게도 기회를 주고 싶었습니다. 마지막 성냥이 꺼지면 유년의 환상과 마법은 막을 내리겠지만 인생은 때로 시린 눈보라 속에서도 삶의 기적을 꽃 피우기도 하는 법이며, 동화란 그 가능성을 톺아보는 작업이라고 믿고 있습니다.

성냥팔이가 맨발로 성냥을 팔고 다녔던 그날 그 마을로 가 보고 싶었습니다.

다행히 「성냥팔이 소녀」 원작뿐 아니라 안데르센의 다른 작품들이 힌트가 되어 주었습니다. 기름 가로등이 가스 가로등으로 바뀌던 시절이었고, 가로등을 돌보는 야경꾼 부부가 있었으며(「늙은 가로등」), 저택의 현관문에는 나팔수가 새겨져 있고, 정원에는 주석 병정이(「낡은 집」) 서 있었지요. 또 아이들은 어깨걸이를 두르고 다니고, 신사들의 외투에는 회중시계가 달린 값비싼 장식이(「그림자」) 짤랑거리고 있었습니다. 그 세계를 두루 돌아다니다 보니 성냥팔이 아이가 거쳐 갔을 동선들이 보이기 시작했고 성냥팔이 난나의 이야기에 도달하게 되었습니다.

　겨울시체라는 존재들을 등장시켜 이야기를 풀어나갔습니다.
　그 괴물들은 전혀 새로울 게 없는 존재들입니다. 성냥팔이 아이를 혹독한 눈보라 속으로 내몬 현실이 섬뜩하면서도 하찮게 툭, 툭 육화되었을 뿐이니까요. 사실 어린 딸에게 손찌검을 하고 성냥을 팔아 오라고 쫓아내는 주정뱅이 아빠와, 이빨을 딱딱거리며 비트적거리는 겨울시체 중에 누가 더 무서운 존재인지는 따져 보아야 할 일입니다. 아이에게 비키라고 소리치던 마차꾼과 냉한 입김을 뿜어내는 겨울시체 중에 누가 더 차가운 존재인지 또한 고민해 보아야 할 일입니다.

　굶주림과 추위로 죽음의 문턱에 선 난나는 어느 모퉁이의 바람벽에 대고 성냥을 긋습니다.

성냥불 안에는 난나가 갈망하던 것들이 어른거립니다.

과일절임으로 속을 채운 거위 요리도 있고, 밀랍양초가 꽂힌 촛대와 따뜻한 벽난로도 있습니다. 그리고 난나가 가장 사랑하는 할머니의 모습도 보입니다. 난나가 불꽃 속에서 보았던 것들이 환상에 지나지 않는다고는 생각하지 않습니다. 그건 난나가 간직하고 있던 유년의 마법이었으니까. 한때 우리도 가졌었고, 지금은 떠나보내고 없는 어린 시절의 마법이지요.

슬프게도 유년의 마법은 영원하지 않습니다.

어느 날부턴가 이야기꾼 주석 병정은 더는 난나에게 말을 건네지 않습니다. 이름을 불러주지도 않고요. 성냥불이 꺼지듯, 유년의 마법은 난나를 떠나갑니다. 하지만 마지막 성냥이 꺼진 뒤에…… 인생은 또 다른 이야기를 이어갑니다.

부우우움! 부움! 부우움!

끝없이 밀려오는 겨울시체들 너머, 마을 광장에서 들리던 나팔 소리처럼 말이지요. 난나의 용기가 라스무스의 마법을 지켜내고, 땔감 장수 디테 아줌마의 손길이 난나를 녹여 주었으리라 믿습니다.

'안데르센 전집'을 공구하여 함께 읽었던 어린이책작가교실
동문님들께 감사의 마음을 전합니다.

그즈음의 추억이 작은 동화가 되었습니다.

최영희

좀비 킬러 인어 공주

정명섭

인어 아리는 칼을 파도 속으로 던져버렸다. 사랑했기 때문에 모든 걸 버리고 왔지만 결국 사랑을 얻지 못했다. 아리는 제발 칼로 왕자를 죽이고 그 피로 다리를 적시라는 언니들의 애원이 떠올랐다. 하지만 자신이 아닌 다른 여자와 사랑에 빠졌다고 해도 차마 왕자를 죽일 수는 없었다.

"미안해."

눈물 한 방울이 발등으로 떨어졌다. 한 걸음씩 움직일 때마다 칼로 찌르는 것 같던 고통도 차츰 희미해졌다. 먼바다에서 핏빛 해가 떠오르는 중이었다. 저 빛에 닿는 순간, 자신의 육신이 사라진다는 생각에 눈물이 앞을 가렸다. 무엇보다 두려운 것은 영혼이 사라져서 물거품이 된다는 것이었다. 하지만 더 이상 할 수 있는 게 없다는 생각이 들자 마음이 편안해졌다.

뱃전으로 다가간 아리는 파도가 넘실거리는 푸른 파도를 보면서 지난날을 떠올렸다. 어서 열다섯 살이 되어서 바다 위로 올라가 보려고 안달했던 때를 떠올리자 저도 모르게 미소가 떠올랐다. 그렇게 올라온 바다 위에서 물에 빠진 왕자를 구해주었을 때 새로운 인연이 시작된 것처럼 가슴이 두근거렸다.

지상에 있는 왕자를 만나기 위해 마녀를 찾아갔을 때, 두려움을 견디며 지느러미 대신 인간의 발을 얻었다. 왕자는 아리를 보고 몹시 기뻐했지만 그게 전부였다.

왕자는 자신을 만나기 위해 가족과 목소리를 버린 아리 대신 자신을 구해줬다고 믿은 이웃 나라 공주와 결혼하기로 했다. 사랑을 얻지 못할 경우 물거품이 된다는 저주보다 더한 고통은 바로 진심이 전해지지 않은 것에 대한 서글픔이었다.

"아쉽지만 이제 끝내야 할 때네."

아리는 붉은 태양을 바라보다가 훌쩍 바다로 몸을 날렸다. 바다에 빠진 몸이 물거품처럼 가벼워지는 것이 느껴졌다. 언니들과 할머니의 얼굴을 마지막으로 떠올린 아리는 그대로 눈을 감았다.

⚜

"정신이 들어?"

낯익은 목소리를 듣고 눈을 뜬 아리는 이곳이 어딘지 대번에 깨달았다. 단 한 번밖에 와본 적 없었지만 평생 잊을 수 없을 정도의 두려움을 안겨주었던 곳, 바로 바다 깊은 곳에 있는 마녀의 집이었다. 바다에 빠져 죽은 선원들의 뼈로 만든 집은 기이할 정도로 하얀빛을 뿜어냈다. 아리는 어리둥절했다.

"제가 왜 물거품이 되지 않은 거죠?"

"원래대로라면 너는 공기의 요정들과 함께 하늘로 올라가게 되어 있다. 그리고 300년 동안 착한 일을 하면 영혼을 얻을 수도 있겠지."

"그런데 왜 제가 여기서 깨어난 거죠?"

"할 일이 있으니까."

마녀의 시선은 창밖으로 향했다. 아리는 자연스럽게 일어나서 창가로 헤엄쳐 갔다. 그리고 소스라치게 놀랐다.

"바다가 붉어요."

그녀의 곁으로 다가온 마녀가 굳은 표정으로 말했다.

"300년에 한 번씩 핏빛 태양이 떠오를 때마다 바다는 붉은 피로 물들고, 콰르기들이 나타난단다."

"콰르기가 뭔데요?"

"죽음과 삶의 경계에 있는 저주지. 저길 보렴."

마녀가 가리킨 곳은 뼈로 만든 집 끝자락이었다. 커다란 물고기 한 마리가 붉은 바닷물 속에서 고통스러워하면서 몸부림을 쳤다. 그러다가 머리가 뚝 떨어져 나갔다. 그리고 거기에 새로운 머리가 돋아났다. 뼈만 남은 앙상하고 흉측한 모습으로 입이 툭 튀어나왔고, 이빨들이 점점 길어지고 있었다. 몸에 달린 지느러미들이 두두둑 떨어져 나갔고, 꼬리에 달린 비늘들도 떨어져 나갔다. 지느러미들이 사라진 자리에 뼈처럼 생긴 가시들이 자랐다.

고통스럽게 몸부림을 치던 물고기는 그렇게 변한 모습으로 빠르게 헤엄치면서 아직 멀쩡한 물고기들 찾아 헤맸다. 그러다가 허둥지둥 도망치던 해마를 발견하고는 쏜살같이 달려가서는 목덜미를 물어뜯었다. 붉은 피를 바닷물에 뿌리면서 몸부림치던 해마 역시 머리가 떨어져 나가면서 뼈만 남아 흉측하게 생긴 머리가 새로 생겼다. 충격을 받은 아리가 아무 말도 못하고 부들부들 떨자 마녀가 말했다.

"저게 바로 콰르기란다. 저렇게 변한 후에는 아무런 감정을 느끼지 못해. 오직 살육과 피에 대한 욕구만 있을 뿐이지."

"왜 저렇게 변하는 거죠?"

당장이라도 울 것 같은 아리의 물음에 마녀는 고개를 저었다.

"어디서부터 저주가 시작되었는지는 모른다. 다만 동쪽 마녀의 얘기를 들어보면 바다 끝에 그 저주의 시작이 되는 동굴이 있다고 들었어."

"동굴이요?"

"붉은 물을 만드는 뭔가가 그 동굴 안에 있다고 했어. 동굴의 문이 300년마다 한 번씩 열리는데 그 물이 퍼지면서 물고기들이 콰르기로 변한다고 하는구나."

"대체 왜 그런 거죠?"

"저주의 노래 때문이지."

"저주의 노래요?"

아리의 물음에 마녀는 두 팔을 벌린 채 낮은 목소리로 읊조렸다.

"붉은 물이 바다를 적시면 죽음과 삶의 경계가 없어지니, 심판을 받을지어다. 그것은 운명이고 윤회이니 받아들여야 한다. 만약 그것을 거스르는 자가 있다면 죽음보다 더한 고통이 기다리고 있을지어다."

"저주든 노래든, 우리 가족들이 사는 바다가 이렇게 변하는 건 안 돼요."

아리는 두려움보다는 분노를 느꼈다. 왕자의 사랑을 얻기 위해 떠났지만 가족들에 대한 애정은 그대로였다. 언니들이 머리카락을 잘라 얻은 칼을 건네준 것도 아리에 대한 사랑 때문일 터였다. 그런 아리에게 마녀가 말했다.

"콰르기들을 없애고 우리 바다를 지켜다오."

"제가요?"

아리의 반문에 마녀는 뜨거운 솥 안으로 손을 넣어서 뭔가를 꺼냈다. 끈적한 녹색 액체가 바닷물에 씻기자 긴 칼이 모습을 드러냈다. 칼날은 뱀처럼 구불구불했는데 끝은 꼬리지느러미처럼 두 가닥으로 갈라져 있었다.

"이것은 너의 피와 네 언니들의 머리카락으로 만든 칼이란다. 콰르기를 무찌를 수 있는 유일한 무기지."

"그럼……."

아리가 놀란 눈으로 바라보자 마녀가 한숨을 쉬었다.

"네가 바다 밖 세상을 동경하고, 왕자와 사랑에 빠지게 된 것 모두 내가 주술을 걸었기 때문이란다."

"그래서 제가 찾아온 이유를 대번에 알았던 거군요."

"원래 오기로 되어 있었으니까. 그동안 목소리를 잃었던 것도 그런 이유 때문이란다."

마녀의 얘기를 듣고서야 자신이 말을 할 수 있다는 사실을 깨달은 아리는 자기 목을 살짝 잡았다.

"목소리는 왜요?"

"사랑에 실패하고, 좌절을 해야만 콰르기와 싸울 수 있는 푸른 머리카락의 인어가 될 수 있으니까."

"네?"

놀란 아리가 손으로 자신의 풍성한 머리카락을 잡아당겼다.
바다보다 짙은 푸른색으로 변해버린 것을 보고는 깜짝 놀랐다.
마녀가 다시 말을 이었다.

"네가 말을 할 줄 알면 왕자는 이웃 나라의 공주가 아니라 너
와 결혼을 하겠다고 했을 거야. 그러면 콰르기들이 나타났을 때
막을 사람이 없어진단다."

"왜 저죠?"

"공기의 요정들과 빛의 여신들이 너에게 축복을 내렸으니까.
콰르기를 막고 우리를 지켜주는 축복으로 말이다. 나는 그런 너
를 지켜줄 의무가 있었고 말이다."

무섭지만 간절한 마녀의 얘기를 들은 아리가 굳은 목소리로
말했다.

"모든 게 예정되어 있었던 거군요."

"그렇단다. 바다의 모든 것들은 존재하
는 이유가 있으니까, 어쩌면 콰르기

들도 그럴지 몰라."

"물고기들을 죽이는 일에 무슨 운명이 있다는 말인가요?"

"모르겠다. 확실한 건 예전과 다르다는 거야."

"뭐가 다른데요?"

아리의 물음에 마녀가 손으로 붉게 변한 바닷물을 한 움큼 움켜쥐었다. 그리고 입가로 가져가서 힘껏 바람을 불었다. 그러자 굽어진 손가락 사이로 붉은 바닷물이 흘러나왔다.

"나의 입김이면 붉은 바닷물을 원래대로 바꿀 수 있었단다. 하지만 지금은 그렇게 안 돼."

"왜요?"

"모르겠다. 이번 붉은 태양이 유독 짙었는데 그것 때문일지도 모르지."

한숨을 쉰 마녀는 손에 들고 있던 칼을 건넸다.

"어쨌든 이걸로 콰르기들의 머리를 자르면 된다."

"머리를 자르라고요?"

누군가를 해쳐본 적이 없는 아리가 소스라치게 놀라자 마녀가 어깨에 손을 올렸다.

"너도 아까 보지 않았니? 물리는 순간, 새로운 머리가 생기고 다른 물고기들을 공격하게 된다. 살아 있는 게 아니라 마음이 소멸되어버린 채 육신만 남은 거란다. 그러니까 그들에게 안식을 찾아줘야지."

"안식이요?"

아리의 중얼거림에 마녀가 고개를 끄덕거렸다.

"우리가 비록 인간과 같은 영혼은 없지만 말이다. 저들에게 안식을 찾아주고 바다를 지켜줄 수는 있어."

마녀의 얘기를 들은 아리는 문득 가족들이 떠올랐다.

"아빠랑 언니들은 괜찮을까요?"

마녀는 뼈로 만든 자신의 집을 바라봤다.

"이곳과 너희 가족들이 사는 왕궁은 콰르기들이 넘어올 수 없도록 특별한 결계가 쳐져 있다."

"그럼 무사할 수 있을까요?"

아리의 물음이 끝나기가 무섭게 지붕이 우르르 무너졌다. 자욱한 먼지가 안개처럼 물속으로 퍼져나가는 가운데 콰르기로 변한 커다란 곰치가 몸부림을 치는 게 보였다. 그걸 본 마녀는 뼈로 만든 지팡이를 집어 들면서 말했다.

"이번은 좀 다른 것 같아."

"다르다고요?"

"원래는 이곳도 들어오지 못하게 되어 있어."

주문을 외운 마녀가 몸부림을 치는 곰치를 향해 뼈로 만든 지팡이를 내리쳤다. 하지만 오히려 지팡이가 두 동강 나고 말았다. 놀란 마녀가 남은 지팡이 조각을 던졌다. 그러자 여유롭게 움직여서 지팡이를 피한 곰치가 몸을 일으켰다. 원래 컸던 곰치였는데 콰르기로 변하면서 더 커졌는지 머리가 부서진 지붕에 거의 닿을 정도였다. 뼈만 남은 곰치의 머리에는 눈동자가 보이지 않아서 더 무서웠다.

구석으로 피한 마녀가 나무 상자 안에서 천에 둘둘 감긴 뭔가를 꺼냈다.

"대체 정체가 뭐야?"

마녀의 물음에 곰치가 흐릿하게 웃었다.

"나는 누르 님의 사신이자 몸종이다."

"누르? 누르면 불의 신이 아닌가? 그자가 왜 상극인 바다의 일에 관여한 거지?"

"불이 모든 걸 지배하는 것이 운명이니까."

"웃기지 마! 불과 물은 엄연히 달라! 바다에 무슨 짓을 한 거야!"

"누르 님이 곧 오신다. 그러니 복종하고 굴복하라! 그러면 편안함이 찾아올지니."

콰르기로 변한 곰치의 말에 마녀가 둘둘 감긴 천을 벗겨내며 대답했다.

"어림없는 소리."

창가에 서서 지켜보던 아리는 마녀가 꺼내 든 것이 자신에게 준 것과 똑같이 생긴 물고기 꼬리 모양의 칼이라는 것을 알았다. 어리둥절해하는 인어공주에게 마녀가 외쳤다.

"어서 가! 아버지에게 가서 금단의 문을 열어달라고 해."

"금단의 문이요?"

"그곳의 수정을 깨면 바다가 평화로워질 거야."

그사이, 콰르기가 된 곰치가 마녀에게 덤볐다. 칼을 든 마녀가 훌쩍 날아올라서 몸을 뒤틀어 피한 다음 콰르기가 된 곰치의 뒷덜미를 노렸다.

"이얏!"

마녀의 칼이 콰르기가 된 곰치의 목덜미를 깊숙이 베었다. 녹색 피가 확 뿌려지면서 머리가 앞으로 꺾였다. 그러자 잘린 목덜미에서 뼈로 된 작은 물고기들이 튀어나왔다. 이빨이 엄청나게 긴 작은 물고기들이 덤벼들자 마녀는 칼을 휘두르며 외쳤다.

"어서 가! 우리 바다의 운명을 지켜다오."

마녀의 말이 끝나기가 무섭게 뼈로 된 물고기 몇 마리들이 아리에게 덤벼들었다. 놀란 아리는 창밖으로 빠져나갔다. 그러자 바로 마녀의 집이 무너졌다. 놀란 아리가 지켜보는데 콰르기가 된 곰치가 무너진 뼈들을 헤쳐 나왔다. 입에는 마녀의 팔 한쪽이 물려 있었다. 팔을 뱉어낸 콰르기 곰치가 말했다.

"공주여! 포기하고 운명을 받아들여라!"

"그렇게 되는 게 운명이야?"

"나는 300명의 형제들과 함께 태어났다. 부화되고 하루도 되지 않아서 절반이, 나머지 절반은 크면서 다른 물고기의 먹이가 되거나 인간이 던진 그물에 잡혀서 끌려갔다. 그중에 살아남은 건 나 혼자뿐이지. 콰르기가 되면 그런 굴레에서 벗어날 수 있다. 죽음과 그것에서 벗어나기 위해 발버둥 쳐야만 하는 삶 말이야."

콰르기가 된 곰치의 말에 아리는 고개를 저었다.

"너처럼은 살고 싶지 않아."

"무엇 때문에?"

"그건 사는 게 아니니까."

짧게 대답한 아리는 몸을 돌려서 아버지와 가족들이 사는 궁궐로 향했다. 힐끔 뒤쪽을 바라보자 뼈로 된 작은 물고기들이 쫓아오는 게 보였다. 생각보다 빨라서 금방 따라잡힐 것 같았다.

"어쩌지?"

꼬리지느러미를 흔들면서 정신없이 도망치던 아리의 눈에 마녀의 영역을 표시하는 거대한 늪이 보였다. 그곳은 긴 수초들이 하늘거리면서 지나가는 물고기들과 인어를 끌어들였었다. 하지만 지금은 콰르기가 된 물고기들을 잡아들이고 있었다. 그걸 본 아리는 마녀가 그냥 존재했던 것이 아니라 이런 날을 대비해서 준비를 하고 있었다는 것을 알게 되었다.

모든 것은 예정되어 있다는 마녀의 말을 떠올랐다. 아리는 물을 헤치고 나아가면서 중얼거렸다.

"이것도 운명일까?"

바다 바깥의 세상을 동경한 것이나 왕자와의 사랑에 빠진 것 모두 이번 일을 위해 예정되었다는 마녀의 얘기를 곱씹는 아리의 눈에 한 무리의 해마가 보였다. 육지 사람들은 구경해본 적 없을 이 커다란 해마는 착하고 온순해서 인어들을 태우거나 짐을 운반해주는 역할을 하기도 했다. 반가운 마음에 다가가던 아리는 깜짝 놀라고 말았다.

"해마들이 변했어."

머리가 흉측하게 변한 채 온몸에 가시가 돋아난 해마들이 모여 있다가 아리가 다가오자 일제히 고개를 돌렸다. 눈동자가 없는 퀭한 눈으로 바라보던 해마들이 하나둘씩 움직이자 아리는 얼른 아래로 내려가면서 속도를 높였다.

해마들이 위에서 내리꽂히면서 아리를 노렸다. 하지만 아리는 이리저리 피하면서 콰르기가 된 해마들의 이빨을 피했다. 어린 시절 언니들과 함께 술래잡기를 하며 놀았던 것이 큰 도움이 되었다. 하지만 그때 해마의 날카로운 가시가 꼬리지느러미를 살짝 베어버렸다.

"아얏!"

위에서 떨어져 내려왔던 해마들은 뒤에서 따라붙었다. 그중 하나가 엄청난 속도로 쫓아와 목덜미를 노렸다.

"어림도 없지."

아리는 몸을 뒤집으면서 피하는 동시에 한 손에 들고 있던 칼을 휘둘렀다. 칼은 엄청나게 날카로운 기세로 해마의 이빨부터 머리를 단숨에 두 동강 내버렸다. 용기를 낸 아리는 쫓아오는 해마들을 하나씩 베어버렸다. 어떤 해마는 입을 크게 벌리고 덤볐다가 그대로 두 조각이 나기도 했고, 어떤 해마는 몸통이 반 토막이 나버리기도 했다.

아리가 떠 있는 바다 주변에는 순식간에 동강 난 해마의 시신들이 둥둥 떠다녔다. 마지막 남은 해마의 이빨을 피하고 칼로 몸통을 내리친 아리가 한숨을 돌렸다.

"겨우 해치웠군."

아리는 자신이 처음 잡은 칼을 능숙하게 다룰 줄 안다는 사실이 놀랍기도 하고 겁이 나기도 했다. 하지만 머뭇거릴 틈이 없었다. 사방은 콰르기라고 불리는 괴물투성이였고, 바닷물은 피처럼 붉었기 때문이다.

가족들이 걱정된 아리는 빠른 속도로 궁궐로 향했다. 콰르기들에게 잡아먹힌 물고기들의 잔해가 바닥으로 천천히 떨어지는 중이었다. 중간중간 덤벼드는 콰르기 물고기들을 칼로 베어 버린 아리는 마침내 왕궁에 도착했다.

가장 먼저 보인 건 정원이었다. 각자 자기만의 공간이 있어서 마음대로 꾸밀 수 있었는데 막내인 아리는 화려한 장식들로 채운 언니들의 정원과는 달리 난파된 배에서 가라앉은 소년의 대리석 조각을 가져다 놨다. 그리고 주변에 해초를 심어놓고 물결에 흔들거리는 모습을 말없이 지켜보곤 했다.

잠시 추억에 잠겨 있던 아리는 가족들의 거처인 왕궁이 이미 쑥대밭이 되었다는 것을 깨달았다. 산호와 조개로 만들어진 궁궐은 여기저기 깨져서 조각들이 떠다니는 중이었다. 영롱한 빛의 진주들을 품은 조개 지붕도 군데군데 무너진 상태였다. 언니들이 애써 가꾼 정원의 장식품들도 부서지거나 넘어져 있었다. 평소에 드나들던 큰 문은 기둥이 무너지면서 막힌 상태였다. 들어갈 만한 곳을 찾던 아리의 눈이 한곳에 머물렀다.

"셋째 언니 방이지?"

작은 조개들로 가려진 창문은 아리가 드나들 만한 크기였다. 부서진 조개 장식들을 치우고 셋째 언니의 방으로 들어선 아리는 비명을 질렀다. 커다란 앵무조개로 만든 침대 위에 누워 있는 셋째 언니를 콰르기로 변한 은빛 물고기가 공격하고 있었기 때문이다.

"언니!"

아리의 비명을 들은 콰르기가 고개를 돌렸다. 반짝거리는 은빛 비늘이 군데군데 떨어져 나갔고, 그곳으로 가시가 튀어나와 있었다. 뼈로 된 머리를 흔들던 콰르기가 송곳처럼 긴 이빨을 드러내며 다가왔다. 아리는 손에 들고 있던 칼로 힘껏 찔렀다.

콰르기는 꿈틀거리며 칼을 피했지만 그걸 예상하고 있던 아리는 옆으로 칼을 돌렸다. 칼은 마치 살아 있는 것처럼 아리의 뜻대로 움직였고, 콰르기의 은빛 몸통을 두 동강 냈다. 하지만 콰르기는 허리 아래가 잘린 채로도 죽지 않고 아리에게 덤벼들었다. 송곳 같은 긴 이빨을 이리저리 피하던 아리는 구석에 몰렸다. 아슬아슬하게 이빨을 피하던 아리는 쥐고 있던 칼을 위로 찔러서 콰르기의 턱을 꿰뚫었다. 턱이 찔린 콰르기는 고통 따위는 모르는 듯 이리저리 몸부림을 쳤다.

"제발, 죽어라!"

아리는 턱에 꽂힌 칼을 비틀었고, 그제야 콰르기는 축 늘어졌다. 한숨 돌린 아리는 누워 있는 셋째 언니에게 다가갔다.

"괜찮아, 언니?"

하지만 콰르기에게 목덜미를 물린 언니는 고통스러운 듯 몸부림을 쳤다. 셋째 언니는 언니들 중에서 가장 호기심이 많아서 바다로 올라갔을 때 강까지 거슬러가기도 했다. 그리고 그곳에서 본 찬란한 숲과 푸른 언덕들, 그리고 꼬리가 없이도 잘 헤엄치던 아이들에 대한 얘기를 아리에게 들려줬었다. 그런 호기심 많고 다정했던 언니가 죽어가고 있었다. 은발의 머리카락은 생기를 잃어버렸고 반짝이던 피부는 썩어갔다. 괴성을 지르던 언니의 머리가 뚝 떨어져 나갔다. 그리고 새로운 머리가 돋아났다.

"안 돼!"

아리가 절규하는 가운데 셋째 언니는 콰르기로 변했다. 눈동

자가 없는 뼈만 남은 얼굴은 흉측하기 그지없었다. 눈물을 흘리는 아리를 본 셋째 언니는 두 팔을 뻗은 채 덤벼들었다. 차마 죽일 수 없었던 아리는 이리저리 피해 다니면서 외쳤다.

"제발 정신 차려!"

하지만 콰르기로 변한 셋째 언니는 이성을 잃은 채 아리를 쫓아왔다. 아리는 조개와 불가사리로 만든 장식장을 넘어뜨리면서 막으려고 했지만 소용없었다. 결국 아리는 눈물을 머금은 채 칼을 고쳐 잡았다.

"미안해, 언니!"

아리는 갈라진 칼끝으로 콰르기로 변한 셋째 언니의 목을 겨눴다. 셋째 언니는 아리가 겨냥한 칼끝으로 돌진했다가 그대로 목이 잘려나갔다. 떨어져 나간 목이 둥둥 떠다니는 가운데 머리를 잃은 셋째 언니의 몸통이 바닥으로 스르륵 떨어졌다.

"언니!"

아리는 눈물을 머금은 채 셋째 언니의 시신을 내려다봤다. 하지만 슬퍼할 틈조차 없었다. 창문으로 콰르기들이 난입한 것이다. 칼을 휘두르며 문밖으로 나온 아리는 고운 모래가 깔린 복도를 따라 헤엄쳤다. 예쁜 조개와 불가사리, 난파선에서 가져온 장식품 들이 깔끔하게 정리되어 있던 복도는 물고기 조각들과 비늘들이 어지러이 떠다니고 있었다.

아리는 다른 언니들의 방을 살펴보면서 혹시나 콰르기로 변했거나 조각난 언니의 시신들과 마주치는 것이 아닌가 걱정했다. 하지만 다른 방들은 모두 비어 있었다. 천만다행이라는 생각과 동시에 다들 어디로 갔는지 궁금해졌다.

"혹시 다 잡아먹혔거나 변해버린 건 아니겠지?"

중간중간 콰르기들이 이빨을 드러내며 덤벼들었지만 아리는 능숙하게 피했다. 어릴 때부터 지내왔던 곳이라 이 공간을 너무 잘 알고 있었기 때문이다. 그러다가 문득 한곳이 떠올랐다.

"지하!"

아버지는 아리를 비롯한 자매들이 어릴 때부터 가끔 지하에 데리고 가곤 했다. 그곳은 아무것도 없는 빈 공간이었다. 여기가 뭐하는 곳이냐는 어린 아리의 물음에 아버지는 심각한 표정으로 아주 위험할 때 오는 곳이라고 말했다. 하지만 바닷속은 위험할 일이 없었다. 가끔 난파선이 내려앉긴 했지만 아주 천천히 내려왔기 때문에 피할 시간은 충분했다. 상어같이 인간들이 무서워하는 존재들은 인어에게는 친숙한 존재였다. 더군다나 아리네 가족은 인어 중에서도 고귀한 혈통이었기 때문에 누구도 함부로 대하거나 공격하지 않았다. 위험한 때가 언제냐는 아리의 질문에 아버지는 대충 얼버무렸다.

"세상, 아니 바다 일은 모르는 거니까."

지금이 바로 그 순간이라는 사실에 아리는 몸을 틀어서 아래층으로 내려갔다.

물이 있고, 헤엄을 칠 수 있기 때문에 인간들이 쓰는 계단 같은 건 필요 없었다. 그냥 위아래층으로 통하는 구멍만 뚫어놓은 상태였다. 아래층으로 이어진 구멍으로 내려간 아리는 기다리고 있던 콰르기의 공격을 받았다.

이번 콰르기는 온몸에 비늘이 떨어져 나간 줄돔이었다. 아슬아슬하게 공격을 피한 아리는 칼로 덤벼드는 줄돔을 그대로 두 동강 낸 다음 복도를 따라 헤엄쳤다.

이때 한 무리의 콰르기들이 맞은편에서 나타났다. 아리는 복도에 줄지어 늘어서 조각상 사이로 숨었다. 언니들이랑 숨바꼭질을 할 때 숨었던 곳이라 어디에 뭐가 있는지 정확하게 알고 있었다. 콰르기들의 날카로운 이빨과 뾰족한 가시들이 조각상 사이로 비집고 들어왔다.

"아얏!"

가시에 어깨를 살짝 베인 아리는 조각상을 힘껏 떠밀었다. 마구잡이로 덤벼들려고 하던 콰르기들이 미처 피하지 못하고 조각상에 깔려버리고 말았다. 콰르기들이 비명을 지르며 몸부림을 치자 비늘들이 떨어져 나가고 바닥에 깔린 모래들이 자욱하게 피어올랐다. 앞이 잘 안 보이는 틈을 타서 아리는 복도를 지나 홀로 나왔다.

1층의 커다란 홀에 도착한 아리는 마음이 아팠다. 자매들의 생일이나 다른 좋은 일이 있을 때 파티가 열렸던 곳으로, 수많은 물고기들과 바다생물들이 찾아와서 축하를 해주곤 했다. 할머니가 영혼이 없다는 것을 슬퍼하는 아리를 위해 무도회를 열어준 곳도 바로 이곳이었다.

유리로 장식된 벽과 천장, 파란 불빛을 뿜어내는 아름다운 장미색의 조개들이 있었고, 그곳에서 남자와 여자 인어들이 춤을 추면서 즐거운 시간을 보냈었다. 하지만 이제 그 맑은 유리는 모두 깨져 있었고, 아름답고 영롱한 빛을 내던 조개들도 부서지거나 떨어져 나가 있었다.

"지금은 아무것도 없네."

슬픔에 젖어 있던 아리는 복도에서 들려오는 콰르기의 괴성에 얼른 움직였다. 정면에 있는 커다란 달 모양의 조각품 뒤로 돌아간 아리는 동그란 구멍으로 쏙 들어갔다. 아래층은 궁궐을 지탱하기 위해 받쳐놓은 산호와 돌로 된 기둥들이 군데군데 서 있었다.

기둥 사이를 이리저리 헤엄치던 아리는 조개를 벽돌처럼 쌓아놓은 벽에 도착했다. 벽에는 가라앉은 배에서 가져온 커다란 조각상이 있었는데 그 뒤쪽이 바로 지하 공간으로 들어가는 출입문이었다. 안으로 들어간 다음 밧줄을 당겨서 조각상을 벽에 붙여버리는 방식이었다. 조각상은 이미 벽에 딱 붙어 있는 상태였다. 위로 뻗은 조각상의 팔 사이로 공간 너머가 보였다. 아리는 어둠에 잠긴 안쪽에 대고 소리쳤다.

"언니! 아버지! 안에 아무도 없어요?"

아무런 반응이 없자 아리는 저도 모르게 눈물이 나려고 했다. 그때 안쪽에서 나온 손 하나가 조각상의 팔뚝을 잡았다. 아리가 흠칫 놀라며 뒤로 물러나려고 하자 안에서 목소리가 들렸다.

"막내야!"

목소리의 주인공은 큰언니였다.

"언니!"

아리의 외침에 초췌한 표정의 큰언니가 조각상의 팔뚝 사이로 모습을 드러냈다.

"살아 있었구나."

"마녀가 살려줬어. 왜 그랬는지는 모르겠지만."

"다행이다. 마녀가 시킨 대로 머리카락을 주고 칼을 얻긴 했지만 긴가민가했거든."

"대체 무슨 일이 벌어진 거야?"

아리의 물음에 큰언니는 절망스러운 표정으로 고개를 저었다.

"모르겠어. 갑자기 바다가 붉어지더니 물고기들이 이상하게 변했어. 그걸 본 아버지가 어서 피해야 한다면서 여기로 내려왔어."

큰언니의 얘기를 들은 아리는 마녀가 했던 말들을 떠올렸다. 수백 년을 살았던 아버지는 어떤 일이 벌어질지 미리 짐작하고 있었던 것이다. 문제는 아버지의 예상을 뛰어넘은 뭔가가 있다는 것이다. 큰언니 옆으로 아버지의 모습이 보였다. 늘 당당하고 여유롭던 아버지는 초췌하고 낙담한 모습이었다. 아리를 본 아버지가 말했다.

"오! 막내야! 무사했구나."

"마녀가 제가 할 일이 있다면서 살려줬어요."

"할 일이라니?"

"붉어진 바다를 다시 원래대로 돌려놔야 한다고 했어요."

아리의 얘기를 듣고 놀란 아버지가 조각상의 손 사이로 얼굴을 들이댔다.

"네가 말이냐? 왜?"

"모르겠어요. 주어진 운명이라고 하던데요."

"하필이면 너한테 왜?"

흐릿하게 중얼거린 아버지가 서둘러 손목에 차고 있던 황금 팔찌를 건넸다.

"이걸 가지고 가라."

"어디로요?"

"우리 바다의 동쪽 끝이 어딘지 알지?"

"네, 아버지가 그 근처에 가지 말라고 하셨잖아요."

"거기, 거인 모양의 바위가 손을 모은 것처럼 생긴 곳에 가면 지하로 쭉 내려가는 동굴이 있다. 바닥까지 내려가면 하얀색 알이 보일 거다. 이 팔찌의 끝으로 그걸 깨야 한다."

"그러면요?"

"바다가 정화될 거다. 깨끗하게."

"정말이요?"

아리의 물음에 아버지가 힘없이 고개를 끄덕거렸다.

"우리 가문은 그 알을 수호하는 운명을 부여받고 있었단 다. 그걸 실제로 쓸 줄은 몰랐지만 말이다."

"그걸 깨면 붉은 바다가 다시 깨끗해지는 게 맞죠?"

아리의 거듭된 물음에 아버지가 대답했다.

"바다가 이렇게 오랫동안 붉었던 적은 없었다. 길어봤자 반나절 정도였는데 이틀이 지났는데도 계속 붉은색이로구나."

"마녀가 그걸 되돌리기 위해서 저를 부활시켰다고 했어요."

"그랬구나. 귀한 딸을 위험에 처하게 하는 게 아비로서 무척 괴롭지만 너에게 부탁할 수밖에 없겠다."

"걱정 마세요. 바다를 깨끗하게 돌려놓을게요."

걱정스러운 표정으로 바라보던 아버지가 조개로 만든 작은 주머니를 건넸다.

"가다가 위기에 처하면 이걸 써라."

"뭔데요?"

"심해어의 촉수를 갈아서 만든 가루다. 주둥이를 살짝 열면 가루가 밖으로 나오면서 엄청난 열을 뿜어낼 것이다. 콰르기들은 빛과 열을 싫어하기 때문에 효과가 있을 거다."

"알겠어요."

주머니를 넘겨받은 아리가 떠나려고 하자 큰언니가 물었다.

"막내야! 셋째 못 봤니?"

주저하던 아리가 고개를 저었다.

"못 봤어."

아리는 빠른 속도로 궁궐을 빠져나와 동쪽으로 향했다. 예쁜 조개들과 수초들이 하늘거리던 예쁜 바다는 살육의 잔해들로 뒤덮였다. 머리가 떨어져 나간 물고기들이 괴로운 듯 몸부림을 치다가 뼈로 된 새로운 머리를 얻고는 먹잇감을 찾아서 헤엄쳐 갔다.

"바다가 완전히 미친 것 같아."

주변에서 벌어지는 모습이 도저히 믿기지 않는 아리는 자기 방에서 콰르기의 공격을 받고 목숨을 잃은 셋째 언니가 떠올랐다. 슬픔을 도저히 이길 수 없었다. 아리는 눈물을 한 방울 남겼다.

"더 많은 희생을 막아야겠어."

굳게 결심한 아리는 희생당한 물고기들의 잔해 사이를 빠르게 헤쳐 나가며 동쪽으로 향했다. 어떻게든 동쪽 끝의 거인 바위에 도착해야했다. 아리는 다가오는 콰르기들을 이리저리 피해 산호와 수초 속에 몸을 숨기며 앞으로 나아갔다.

아리의 가족들이 살던 바다의 동쪽 끝은 황량했다. 언젠가 왕자가 얘기한 사막과 비슷하다는 생각이 들 정도였다. 이곳은 물이 빨리 흐르고 소용돌이치는 곳도 많아서 물고기들이나 다른 수중 생물들이 제대로 자리 잡지 못했다. 수초나 산호들도 제대로 뿌리를 내리지 못했고, 조개들도 빠른 물살을 견디지 못한 곳이었다. 그러다 보니 누구도 그 너머로는 갈 생각을 하지 않았다.

그곳에 우뚝 솟은 거인 모양의 바위는 자연스럽게 경계선 역할을 했다. 두 손을 모은 채 서 있는 거인 바위는 인어 일족의 조상인 위대한 인어 왕의 모습을 조각한 바위라는 얘기부터 오래전 이곳의 바다를 지배했던 용의 아들 세레진이 바위로 굳어진 것이라는 전설까지 다양한 이야기들이 전해졌다.

아버지가 그곳 근처로는 딸들을 가지 못하게 해서 항상 먼발치에서만 봐야 했다. 아리는 산호 조각들이 흩어져 있는 바다 밑바닥에 닿을 정도로 낮게 헤엄쳐갔다. 바닥의 모래가 자욱하게 일어나고 산호 조각들이 떠다니면서 안개처럼 뿌옇게 몸을 감싸주었기 때문이다.

빠르게 헤엄쳐 가는 아리의 마음은 울적해졌다. 어디에도 그녀가 사랑했던 평화롭고 활기 넘치는 바다는 없었기 때문이다. 지금은 오직 살육과 죽음에 미친 붉은 바다만 보일 뿐이었다. 왕자를 향한 사랑에 빠져 있는 동안 고향인 바다를 잠시 잊었다는 사실에 가슴이 아파왔다.

그러면서 자신에게 왜 바다를 지켜야 하는 운명이 주어졌는지를 생각해봤다.

"내가 이 바다를 가장 사랑하는 인어이기 때문 아닐까?"

그 순간, 안개처럼 퍼진 산호 조각과 모래를 뚫고 작은 콰르기가 덤벼들었다. 하마터면 머리를 물릴 뻔한 아리가 재빨리 몸을 뒤틀어서 피했지만 콰르기는 스쳐 지나가면서 뼈로 된 가시로 몸통을 길게 그었다.

"아얏!"

반짝거리는 비늘들이 갈라져서 떨어져 나갔다. 아리는 상처를 내고 사라졌던 작은 콰르기가 다시 꼬리를 흔들면서 다가오는 걸 기다리고 있다가 칼을 휘둘렀다. 꼬리가 잘린 콰르기는 몸부림을 치면서 서서히 바닥으로 가라앉았다. 한숨 돌린 아리 앞으로 한 무리의 작은 콰르기들이 달려들었다.

"한둘이 아니잖아!"

미처 피할 틈이 없었기 때문에 정면 돌파하기로 했다. 들고 있던 검을 비스듬하게 세워 얼굴과 머리를 가린 채 속도를 높였다. 작은 콰르기들이 이빨을 드러내며 달려들었지만 아리는 이리저리 피하면서 앞으로 나아갔다. 비스듬하게 세운 칼날에 부딪힌 콰르기들이 투둑거리며 조각나버렸다. 온몸에 크고 작은 상처가 생겼지만 결국 콰르기들을 뿌리친 채 앞으로 나아가는 데 성공했다.

그때 아리의 눈에 멀리 거인 모양의 바위가 보였다. 아리는 뺨에 흐르는 피를 손등으로 닦아내며 중얼거렸다.

"저기 아래에 동굴이 있다고 했지?"

한 번도 가본 적 없었지만 대략 어디쯤인지는 알 것 같았다. 아버지가 거인 모양의 바위가 두 손을 모아놓은 것처럼 보이는 그 지점이라고 했고, 그곳은 멀리서도 보였기 때문이다.

"저기야."

아버지가 준 황금 팔찌를 슬쩍 내려다본 아리는 마지막 힘을 냈다. 뒤쪽에서 작은 콰르기들이 따라오려고 했지만 자매들 중에서도 가장 빠른 아리의 속도를 따라오지는 못했다.

마침내 거인 모양의 바위에 도달한 아리는 부딪치기 직전 몸을 틀어서 위쪽으로 치솟았다. 바짝 따라오던 작은 콰르기들이 미처 방향을 틀지 못하고 바위를 들이받는 소리가 들렸다. 단숨에 바다 표면 근처까지 올라간 아리는 작은 콰르기들이 제대로 따라오지 못하는 틈을 타서 아래쪽을 살폈다.

"찾았어!"

아리가 생각한 지점에 정확하게 아래로 내려가는 동굴이 보였다. 입구는 아리의 몸이 간신히 통과할 정도로 좁았다.

"저 아래 하얀 알이 있다고 했지?"

숨을 고른 아리가 내려가려는 찰나 검은 안개 같은 것이 동굴 앞에 몰려들었다.

"뭐, 뭐지?"

자세히 살펴보니까 크고 작은 콰르기들이었다. 마치 하나의 생물처럼 일사불란하게 모여서 동굴 앞을 가려버렸다.

"어떡하지?"

뚫고 지나가기에는 너무나 많은 수였다. 아리가 주저하는 사이, 아까 마녀의 집에서 만났던 콰르기 곰치가 모습을 드러냈다. 아까보다 조금 더 커진 덩치에 머리 위쪽부터 꼬리까지 돋아난 지느러미들이 마치 칼날처럼 반짝거렸다.

"인어공주여! 포기하라."

"뭘 포기하라는 거야?"

"이제 이 바다는 누르 님의 것이다."

"왜 불이 바다를 지배하려고 드는데?"

"그래야 세상을 다 가질 수 있으니까."

"육지와 바다는 다르고, 불과 물도 달라. 그걸 어떻게 지배한다는 거야? 누르가 누군지는 모르겠지만 헛소리 그만해."

얘기를 나누는 사이에 콰르기 곰치의 몸이 꿈틀거리더니 옆구리를 뚫고 팔 같은 것들이 튀어나왔다. 그리고 그걸로 등에 솟은 날카로운 지느러미들을 하나씩 쥐었다.

"인어들은 항상 고집스럽군."

"내가 태어나고 자란 바다를 지키는 게 무슨 고집이라고!"

"너를 조각내서 토막 난 네 몸뚱이를 궁궐 지하에 숨어서 떨고 있는 네 아버지에게 보여주마!"

곰치의 외침과 동시에 크고 작은 쾌르기들이 한데 모여서 위로 솟구쳐 왔다. 아까 마주쳤던 수십 마리의 쾌르기들과는 비교할 수 없을 만큼 큰 덩치에 그 수도 만만찮았다. 정면 돌파를 할 엄두가 나지 않았다. 다른 곳으로 유인한 다음 돌아올까 생각해 봤지만 손에 지느러미 칼을 든 곰치와 다른 쾌르기들이 남아서 동굴 입구를 지키는 걸 보고 포기했다.

"어쩌지?"

그때 아버지가 건네준 것이 떠올랐다. 조개로 된 주머니의 주둥이를 살짝 열자 희뿌연 가루들이 슬쩍 흘러나왔다.

"쾌르기들이 이걸 싫어한다고 했지?"

한 손에는 주둥이를 살짝 연 조개를 쥐고 다른 한 손으로는 칼을 단단히 움켜쥔 아리는 곧장 아래로 헤엄쳤다. 밀고 올라오는 쾌르기들과 가까워지자 그녀는 주머니의 주둥이를 더 열었다. 그리고 다른 손에 쥔 칼을 빙빙 돌렸다.

"이얏!"

수많은 콰르기들의 이빨과 지느러미들이 팔과 어깨, 지느러미와 비늘이 있는 허리 아래를 치고 지나면서 무수히 많은 상처를 남겼다. 마녀에게 발을 얻은 대신 걸을 때마다 칼날로 도려내는 고통을 느껴야 했던 일이 떠올랐다. 바로 그 고통이 온몸으로 날아든 것이다.

적지 않은 콰르기들이 머리와 목덜미 역시 노렸지만 아리의 칼에 막혔다. 조각난 콰르기들이 몸부림을 치면서 사라졌고, 그 자리는 다른 콰르기들이 채웠다. 하지만 주머니에서 흘러나온 하얀 가루들이 엄청난 빛과 열을 뿜어내자 더는 가까이 다가오지 못했다.

아리는 칼을 휘두르는 걸 멈추고 하얀 가루가 나오는 주머니를 앞으로 내밀었다. 조개로 만든 주머니에서 나온 가루들은 왕자와 함께 참석한 파티에서 봤던 거대한 횃불처럼 타올랐다. 그걸 본 콰르기들이 괴성들 지르며 다가왔다가 허겁지겁 물러났다. 간혹 이빨을 드러내며 덤비는 콰르기들은 칼로 쳐내거나 베어버렸다. 그렇지만 온몸에 크고 작은 상처들이 생기는 건 어쩔 수 없었다. 아픔을 꾹 참고 내려가던 아리는 주머니에서 나오는 빛이 점점 줄어드는 걸 보고는 다급해졌다.

"이게 떨어지기 전에 여길 통과해야만 해."

아리는 마지막 힘을 쥐어짜 냈다.

"비켜!"

주머니의 빛이 꺼지기 직전 가까스로 콰르기 무리들을 통과했다. 콰르기들이 사라지자 이제 곰치가 앞을 가로막아 섰다. 칼처럼 날카로운 지느러미를 손에 쥔 곰치가 아리를 노렸다.

"어림없지!"

곰치의 지느러미를 칼로 튕겨낸 아리는 아슬아슬하게 옆으로 스쳐 지나갔다. 위기를 빠져나갔다고 안도의 한숨을 쉬는 순간, 거대한 곰치의 꼬리가 그녀를 후려쳤다.

"아얏!"

충격을 받은 아리는 크게 휘청거렸다. 곰치가 새로 돋아난 팔로 날카로운 지느러미를 칼처럼 휘둘렀다. 쥐고 있던 칼로 곰치의 공격을 가까스로 막아낸 아리는 곰치의 다른 팔을 잡고는 아래쪽으로 빙글빙글 돌면서 내려왔다. 그러다가 좁은 동굴 입구에 심하게 부딪히면서 정신을 잃고 말았다.

"으윽!"

아리는 왕자를 바라봤다. 별처럼 빛나던 왕자의 눈을 떠올린 아리는 뒤이어 말을 잃어버렸을 때의 답답함과 한 걸음씩 옮길 때마다 느껴졌던 칼에 꿰뚫리는 것 같은 고통이 떠올랐다.

왕자의 사랑을 좇아 낯선 육지로 가기 위해 얻어야 했던 상처들은 결국 그녀가 사람이 아닌 인어라는 사실, 그리고 아무리 노력해도 사람이 될 수 없다는 걸 깨닫게 해주었다.

왕자와 함께했던 왕궁의 화려한 삶이 머리에서 사라질 무렵, 어둠이 찾아왔다. 아버지가 얘기한 동굴 속으로 떨어지고 있다는 걸 알아챌 때쯤 날 선 빛이 머리 옆을 스쳐 지나갔다. 콰르기로 변한 곰치도 함께 떨어지는 중이라는 걸 깨달았다. 둘 다 눈을 뜨긴 했지만 아까 부딪혔던 충격 때문인지 제대로 몸을 가누지 못했다.

곰치는 그르릉거리는 소리를 내면서 날카로운 지느러미로 아리를 찔렀다. 필사적으로 몸을 비틀었지만 부딪힐 때의 충격 때문에 몸을 제대로 가누지 못한 데다가 좁은 동굴 안이라 곰치의 공격을 피하지 못했다.

"칼이 어디 갔지?"

어둠 속을 살펴보던 아리의 눈에 아래쪽으로 하염없이 떨어지는 칼이 보였다. 잡기 위해 손을 뻗어 봤지만 곰치에게 꼬리 지느러미를 잡히는 바람에 아슬아슬하게 놓치고 말았다.

아리를 잡은 곰치는 지느러미로 머리를 내리쳤다. 얼떨결에 손목을 들어서 막았는데 감고 있던 황금 팔찌에 맞았다. 충격에 못 이긴 황금 팔찌는 두 동강이 나서 떨어져 나갔다. 아리는 몸부림을 치면서 곰치의 손아귀에서 벗어났다. 하지만 휘두르는 지느러미에 꼬리지느러미 끝이 잘려나갔다.

아리는 끔찍한 고통에 몸부림을 치며 계속되는 공격을 피해 아래로 내려갔다. 동굴 벽에 이리저리 튕기면서 내려가던 칼은 야속하게도 잡히지 않았고, 거기에 곰지의 집요한 공격까지 더해지면서 의식이 차츰 흐려졌다.

"여기까진가?"

그때 어둠 속에서 빛이 반짝거리면서 아까 떨어뜨린 칼을 비췄다. 아까 곰치가 휘두른 날카로운 지느러미를 막다가 부서진 황금 팔찌가 낸 빛이었다.

"아직 포기하지 말란 얘긴가?"

아리는 마지막 힘을 쥐어짜내 곰치의 공격을 뿌리치고 아래로 내려갔다. 칼을 움켜잡는 데 성공한 아리는 곧바로 몸을 돌려서 날카로운 지느러미를 쥐고 있던 곰치의 팔을 잘라냈다. 놀란 곰치가 괴성을 지르자 아리가 씩 웃었다.

"지금부터 시작이라고."

아리의 비웃음에 곰치가 다시 덤벼들었다. 하지만 아리는 상처를 입고 피를 흘리면서도 곰치의 팔을 하나씩 잘라내는 데 성공했다. 마지막 남은 팔이 잘리자 곰치는 몸을 틀어서 등에 남은 지느러미로 아리를 찌르려고 했다.

"어림없지!"

몸을 돌려서 지느러미를 피한 아리는 부서진 황금 팔찌를 칼 끝에 걸었다. 그리고 순식간에 곰치의 위로 솟구쳐 올랐다. 놀란 곰치가 몸을 돌리는 순간, 황금 팔찌를 챙긴 아리가 칼로 곰치의 가슴을 정확하게 찔렀다.

"으윽!"

곰치가 비명을 지르며 몸부림을 쳤다. 그러자 아리가 두 손으로 칼을 꽉 움켜잡으면서 외쳤다.

"흥, 빠져나갈 수 있을 거 같아!"

"인어공주여! 나를 없앤다고 누르 님을 막을 수 있을 것 같으냐?"

"누르인지 뭔지 나랑 내 가족이 사는 바다를 망치게 하지는 않을 거야!"

아리는 발버둥을 치는 곰치의 가슴에 칼을 힘껏 박아 넣었다. 꿈틀거리던 곰치가 축 늘어지는 걸 본 아리는 황금 팔찌를 움켜쥐고 아래로 헤엄쳐 갔다. 끝도 없이 이어질 것 같았던 어둠 속에서 하얀빛이 보였다.

"아버지가 말한 하얀 알이야!"

황금 팔찌를 손에 감은 아리는 빛을 내는 하얀 알을 향해 힘껏 주먹을 뻗었다. 황금 팔찌와 닿은 하얀 알에서는 눈부신 빛

이 흘러나왔다. 빛은 가슴에 칼이 찔린 채 천천히 떨어지고 있
는 곰치를 지나 동굴 밖으로 나와서 붉게 변한 바다를 감쌌다.
그러면서 게걸스럽게 다른 물고기들을 먹어치우던 콰르기들을
집어삼켰다. 콰르기로 변해서 아리를 괴롭혔던 곰치 역시 흔적
도 없이 사라지면서 가슴에 박혀 있던 칼이 스르륵 떨어져서 아
리 손에 들어왔다.

지친 몸을 이끌고 동굴 밖으로 나온 아리는 뜻밖의 존재와
만났다.

"당신……."

한쪽 팔을 잃은 마녀는 놀란 인어공주에게 말했다.

"지하에 만들어놓은 탈출 통로를 이용했지."

"이제 바다는 다시 예전으로 돌아가는 건가요?"

"상처가 남겠지만 바다는 금방 원래 모습을 되찾을 거야."

그 얘기를 들은 아리는 희미하게 웃었다.

"결국 지켜냈군요."

"해낼 줄 알았어."

마녀의 얘기를 들은 아리가 물었다.

"누르는 어디 있는 건가요?"

"세상의 바다 끝에 있다고만 전해지고 있어."

"누르가 있는 한 우리 바다는 계속 위험해질 수 있을 거 같아
요."

마녀가 대답 대신 고개를 끄덕거렸다. 그걸 본 아리가 손에
든 칼을 내려다봤다.

"누르를 없애야겠어요."

얼마 후, 몸을 회복한 아리는 아버지와 다른 언니들의 배웅을
받으며 떠날 준비를 했다. 아버지는 처음에 강하게 말렸지만,
결국 해마가 끄는 마차를 줬다.

"이걸 타고 가면 힘이 좀 덜 들 게다."

한쪽 팔을 잃은 마녀가 동행하기로 했다. 눈물을 흘리는 큰 언니와 포옹을 한 아리는 해마가 끄는 마차를 탔다. 아버지의 말대로 마차는 엄청나게 빠른 속도로 바다를 헤치고 달려갔다.

해마의 마차가 잠시 수면 위로 올라갔을 때, 멀리서 배 한 척이 보였다. 바로 왕자의 배였다. 아리의 표정을 살핀 마녀가 물었다.

"가까이 가볼까?"

잠시 고민하던 아리가 고개를 저었다.

"아뇨. 그냥 가요. 가야 할 길이 있잖아요."

해마가 속도를 내면서 아리가 탄 마차는 왕자가 탄 배와 순식간에 멀어졌다.

사랑보다 선명한 꿈

잘 알려진 고전 명작을 비트는 건 작가에게는 굉장한 도전입니다. 기존의 고전 명작이 가지고 있는 정체성을 잘 살리면서도 새롭고 참신한 아이디어로 이야기를 이어가야 하기 때문이죠. 조금만 잘못하면 이야기가 산으로 가고, 재미는 증발해버립니다. 독자들의 비난이 뒤따르고 편집자에게 이 정도 실력밖에 안 되느냐는 평가를 받기도 합니다.

그럼에도 고전 명작을 토대로 새로운 이야기를 꾸미는 건 꼭 필요한 일이자 도전해볼 만한 작업입니다. 고전 명작은 시대를 아우르는 가치를 지니고 있습니다. 하지만 성별과 인종에 따른

차별이 사라지고, 종교의 힘이 약해진 현대와는 맞지 않는 경우가 많습니다.

예를 들어, 『로빈슨 크루소의 모험』은 프라이데이라는 흑인을 노예로 삼았고, 후속편에서는 시베리아와 인도, 중국을 지나면서 제국주의자의 모습을 드러내기도 합니다. 따라서 이런 작품들은 원래대로 읽고, 현대 기준으로 맞춰서 한번 비틀어보는 시도를 해야 합니다. 그래야 해당 작품의 시대 속에 녹아 있는 문제점들을 바라볼 수 있기 때문이죠.

물론, 원작에 대한 훼손이라는 지적이 있습니다. 하지만 원작 비틀기는 훼손보다는 존중의 의미가 더 크다고 봅니다. 버리거나 비판하는 대신 포용하려고 노력하기 때문이죠.

저는 「인어공주」를 선택했습니다. 안데르센의 동화로 잘 알려진 「인어공주」는 독일 문학에 자주 등장하는 운디네를 모티프로 한 이야기입니다. 그중 안데르센이 직접적으로 영향을 받은 작품은 푸케의 『운디네』입니다.

운디네에 관한 전설에 따르면 물의 정령은 인간보다 훨씬 오래 사는 대신, 영혼이 없기 때문에 한번 죽으면 영원히 소멸하고 맙니다.

정령이 불멸의 영혼을 얻는 방법은 하나 있습니다. 인간과 진정한 사랑을 이루는 것입니다. 그런데 만약 그 인간이 다른 사람과 결혼을 하면 애써 얻은 인간의 영혼을 빼앗깁니다.

푸케의 『운디네』에서 물의 정령 운디네는 기사 홀트브란트와 사랑에 빠집니다. 그러나 홀트브란트가 다른 사람과 결혼을 하자 분노로 가득 차 그를 물에 빠트려 죽이고 맙니다.

안데르센이 만들어낸 '인어공주'도 인간의 영혼을 갖고자 열망했으나 사랑하는 왕자가 다른 사람과 결혼하는 바람에 사랑도 꿈도 잃게 됩니다. 그러나 안데르센의 인어공주는 푸케의 운디네와는 다른 선택을 하지요.

왕자를 칼로 찌르면 인간의 영혼을 얻을 수 있다는 언니들의 말을 듣고도 차마 왕자를 죽이지 못하고 자신이 물거품이 되는 길을 택합니다. 인간이 되고자 하는 욕망보다 사랑이 더 앞섰던 것입니다. 그런 인어공주를 갸륵하게 여긴 '공기의 딸'은 물거품이 된 그녀에게 불멸의 영혼을 선물하면서, 안데르센의 「인어공주」는 슬프지만 새드엔딩은 아닌 결말로 맺어집니다.

자신의 꿈이나 이상보다는 사랑과 희생을 택한 인어공주 이야기는 당시 안데르센을 유명 작가로 만들어준 작품이면서, 지금까지도 많은 사랑을 받고 있습니다.

비련의 운명을 지니고 태어나서 사랑하는 사람에게 버림을 받고 마지막에 구원을 받는 모습은 안데르센 자신의 염원이면서 당시 사람들이 생각하는 여성상과 딱 맞아떨어졌을지 모릅니다.

제가 독자에게 소개해주고 싶은 '인어공주'는 안데르센의 인어공주와도, 푸케의 운디네와도 달랐습니다.

무섭고 슬픈 현실에 굴하지 않고, 자신의 운명을 만들어 나가는 강인한 아리의 모습은 저에게도 큰 힘이 됩니다. 자기 자신의 삶과 가족, 더 나아가서는 세상을 구원하는 힘은 다름 아닌 자기 자신에게 있다고 믿기 때문입니다.

아리의 운명을 그리는 동안 어린 시절 안데르센이 만들어낸 「인어공주」를 읽는 것만큼이나 즐겁고 흥미로웠습니다.

슬픈 사랑을 한 인어공주가 무시무시한 좀비 킬러가 되기까
지, 바다를 붉게 만들고 콰르기들을 만들어낸 건 누구였을까요.
어쩌면 아리가 그토록 동경했던 인간의 소행인지도 모릅니다.

아리는 이제, 자신의 바다를 지키기 위해 누르를 만나러 갑니
다. 저는 이 결론이 아주 마음에 듭니다.

정명섭

죽지 않는
목각 인형의 밤

전건우

초가을에 전학 온 새 친구는 서커스단 단원이었고, 거짓말을 하면 코가 길어지는 목각 인형이었다. 이름은 피노키오라고 했다.

"한 달 후 서커스단과 함께 떠나겠지만 그때까지 친하게들 지내."

우리에게 피노키오를 소개하며 선생님이 하신 말씀이다. 선생님은 이런 말도 덧붙였다.

"피노키오 앞에서 불장난하면 안 된다."

선생님은 가끔 농담인지 진담인지 모를 말을 했고 그래서 우리는 웃어야 하나 말아야 하나 갈등하는 일이 잦았다. 불장난이라니! 요즘 누가 그런 걸 한다고…….

"만나서 반가워. 잘 부탁해."

피노키오는 앙증맞은 모자가 썩 잘 어울리는 머리를 까딱하며 인사했다. 목 부분에 화려한 리본이 달린 셔츠와 무릎 위에서 풍선처럼 부푼 바지는 살짝 과해 보이기도 했지만 피노키오가 서커스단 단원이라는 점을 감안하면 이해 못할 정도는 아니었다. 다만 지나치게 밝아 보이는 표정은 마음에 걸렸다. 그도 그럴 것이 피노키오는 목각 인형이었고, 그런 탓에 표정을 마음대로 지을 수가 없었다. 누가 봐도 단번에 알 수 있었다. 붙여놓은 동그란 눈과 칼로 파놓은 세모꼴 입은 그 모양 그대로 변하지 않는다는 걸. 피노키오의 얼굴에서 변하는 건 코뿐이었다. 물론 그것도 나중에 안 사실이지만.

쉬는 시간이 되자 아이들은 피노키오 곁으로 몰려들었다. 피노키오는 맨 뒷자리였다.

"서커스단은 어때?"

"공연은 언제부터 하는 거야?"

"호랑이랑 곰도 봤어?"

피노키오는 그런 질문이 익숙하다는 듯 단숨에 대답했다.

"우리 서커스단은 전 세계를 돌아다녀. 호랑이와 곰은 물론 이고 사자와 코끼리도 있지. 난쟁이와 거인도 있고, 늑대인간도 있어. 불을 뿜는 괴인도, 어떤 공격에도 꿈쩍하지 않는 강철 여 자도 있어. 공연은 토요일부터 시작하니까 많이 보러 와줘."

호랑이, 곰, 사자, 코끼리에다가 난쟁이와 거인이라니! 그것 도 모자라 늑대인간이라니! 누가 들어도 솔깃할 만한 말에 아 이들은 흥분했다. 공연에 갈 수 없을 게 분명한 나마저도 살짝 심장이 두근댈 정도였다. 서커스를 볼 수 있다면 소설 쓰는 데 도 분명 도움이 될 텐데……

"꼭 보러 갈게! 오늘이 월요일이니까 다섯 밤이나 자야 하네."

"난 서커스 공연 보는 게 소원이었어."

"맨 앞자리에 앉을 거야!"

아이들은 쉬는 시간이 끝날 때까지 피노키오 옆에 붙어 서서 떠들었다. 나는 슬쩍 옆을 돌아봤다. 아이들 틈으로 피노키오의 얼굴이 보였다. 나뭇결이 살아 있는 매끈한 그 얼굴에는 역시 변하지 않는 미소가 떠올라 있었다. 나는 어쩐 일인지 그 미소 가 좀 슬퍼 보인다는 생각을 했다.

＊

　우리 마을에는 놀 거리가 별로 없었다. 중심가라 해봐야 여기
서 저기까지 고개를 한 번 돌리면 끝일 정도로 작고 좁았다. PC
방 하나와 오락실, 그리고 거기에 딸린 코인 노래방이 전부였
다. 그나마 오락실에는 옛날 게임밖에 없었다.

　학교와 도서관만 오가는 내게는 별반 상관이 없었지만 아이
들은 아니었다. 늘 심심해했고, 답답하다고 했다. 그건 어른들
도 마찬가지인 것 같았다. 그러니까 그렇게 다들 삼삼오오 모여
다른 사람 이야기하는 데 빠져 있는 거겠지. 술 한잔 마시며 안
줏거리로 삼기에 남 이야기만큼 좋은 건 없으니까. 그런 점에서
술고래 아빠에 욕을 입에 달고 사는 엄마, 그리고 다리가 불편
해 휠체어를 타고 다니는 나, 우리 집은 아주 맛있는 안주였다.

　서커스단이 마을에 들어온 후 당연하게도, 술자리의 메인 안
주는 변했다. 마을 사람 모두, 어른이고 아이고 할 것 없이 서커
스단 이야기를 했다. 서커스 천막 치는 걸 봤다는 미자 아줌마
는 붕대를 칭칭 감은 비쩍 마른 남자가 있었다고 떠들었다. 그

러면서 덧붙였다.

"미라라니까! 분명해. 저주를 퍼붓는 미라가 서커스단에 있다고."

그때쯤 마을 곳곳에는 서커스단의 공연을 알리는 포스터가 붙었다. 포스터에 떡하니 '이집트 미라를 보시라!'라고 나와 있는데도 미자 아줌마는 특별한 걸 발견했다는 듯 온 마을에 자랑을 하고 다녔다. 웃기게도 그 이야기를 들은 사람들 모두 진심으로 감탄했다. 적어도 겉으로는.

"미자 아줌마 있잖아요. 너무 나대지 않아요?"

"맞아요. 미라 나오는 거 누가 모른다고."

"그 여자, 원래 좀 호들갑스럽잖아요."

나는 다른 아줌마들이 미자 아줌마 흉보는 걸 들었다. 이른 아침, 버스정류장 앞에서였다. 거기엔 나 말고 아무도 없었기에 아줌마 셋은 거리낌 없이 속마음을 이야기한 것 같았다. 사람들은 내 존재를 신경 쓰지 않았다. 내가 있건 말건 상관없이 떠들었다. 아마도 소아마비를 앓아 휠체어를 타고 있으면 귀도 멀고 눈도 안 보인다고 생각하는 것 같았다. 아니면 머리가 모자란다

거나. 그런 대우에 익숙했으므로 나도 무관심한 척했다.

곧 마을버스가 왔고 아줌마들은 정류장을 떠났다. 나는 잠시 숨을 고른 후 휠체어를 밀어 학교로 향했다. 집에서 학교까지는 한 시간 정도 걸렸고 나는 중간에 두 번 정도 쉬어야 했다.

나는 헐떡거리며 교실로 들어가는 걸 보이기 싫어 늘 1등으로 등교했다. 오늘도 그럴 거라 생각하고 교실 문을 연 순간 맨 뒷자리에 앉은 피노키오와 눈이 마주쳤다.

"안녕?"

피노키오는 내게 손을 흔들며 인사했다.

"어? 아, 안녕."

인사를 주고받는 건 어색했다. '안녕'이라는 단어를 발음해 본 게 아득한 옛날 일인 것만 같았다. 아니, 실제로 옛날 일이었다. 내가 누군가에게 인사를 듣고 또 인사를 한 건 암모나이트가 동글동글 몸을 말기도 전의 일이었다. 그걸 아는지 모르는지 피노키오는 또 말을 걸었다.

"멋진 휠체어구나! 잘 어울리는데."

"고마워."

휠체어가 멋지다는 칭찬은 처음 들어봤는데 기분이 나쁘지는 않았다. 그렇다고 마냥 좋지도 않았다. 내 휠체어는 전동도 아니고 그렇다고 바퀴가 잘 굴러가는 것도 아니었다. 오래 앉아 있으면 엉덩이가 너무 아플 정도로 딱딱하기도 했다. 그래도 내게는 무척 소중한 물건이었다.

"이름이 뭐야?"

피노키오가 물었다.

"응? 내 이름?"

"아니. 네 이름은 알아. 미희잖아. 안미희. 내가 궁금한 건 휠체어 이름이야."

"아……."

나는 바로 대답할 수 없었다. 휠체어 이름을 물어봐 준 사람, 아니 목각 인형은 처음이었다. 대부분은 알지도 못했다. 내가 휠체어에 이름을 지어주었다는 사실을. 피노키오는 방긋 웃는 그 표정으로 나를 계속 바라봤다. 꼭 대답을 듣고 싶어하는 눈치였다.

"이 휠체어 이름은…… 로시난테야."

우물우물 대답했다. 누군가에게 휠체어 이름을 말해준 건 처음이었다. 로시난테라는 이름을 어디서 따왔는지 아는 사람도 없을 것이다. 하지만 피노키오는 달랐다.

"아! 돈키호테가 타고 다니는 말. 딱 어울리는 이름이구나!"

"로시난테를 알아?"

반가운 마음에 내 목소리가 커졌다.

"그럼. 서커스단에 있으면 여행을 많이 하거든. 그때마다 책을 읽는데 그중에 『돈키호테』도 있었어."

『돈키호테』를 읽었다니 믿을 수가 없었다. 도서관에서 빌린 낡은 책의 대여 목록은 깨끗했다. 그건 아주 긴 세월 도서관에서 잠들어 있었을 『돈키호테』를 나 말고는 아무도 읽지 않았다는 뜻이었다. 그런데 먼 나라 어딘가에서 온 게 틀림없는 피노키오가 『돈키호테』를 읽었다니 신기하기만 했다.

"난 혼자 있을 때만 얘를 로시난테라 불러. 다른 사람 앞에서는 왠지 부끄럽거든."

솔직하게 말했다. 피노키오는 다 안다는 듯 몇 번이나 고개를 끄덕였다. 그때마다 삐걱대는 소리가 작게 들렸다. 얼굴과 목을 연결하는 부위에 기름칠이 덜 된 것 같았다.

"실은 나도 그래. 내게만 보이는 귀뚜라미 유령이 있거든. 아
주 말이 많은 녀석인데 혼자 있을 때만 대화를 해. 남들이 보면
좀 그렇잖아. 안 그래?"

"그렇지. 무슨 말인지 알겠어."

나는 피노키오의 말에 고개를 끄덕였다.

"그런데 미희 넌 수업 시간에 무슨 생각을 그렇게 해?"

피노키오가 또 물었다. 나는 뜨끔했다. 그건 또 언제 봤지? 전
학 온 월요일로부터 고작 이틀이 지났을 뿐인데 피노키오는 나
에 대해 너무 많은 걸 알고 있는 것 같았다. 난처해하는 내 표정
이 얼굴에 드러났는지 피노키오가 덧붙였다.

"창가 맨 뒷자리에 앉아 있잖아, 너. 우연히 창문으로 고개를
돌렸다가 생각에 빠진 널 봤거든. 근데 꽤 재미있어하는 표정이
었어."

"난 공상을 해."

이번에도 솔직하게 말했다.

"공상?"

"응. 이런저런 이야기를 만들어내고 있어. 어차피 난 휠체어
에 앉아 있고 맨 뒷자리라 선생님이 칠판에 적는 건 하나도 안
보이거든. 그래서 소설로 쓸 이야깃거리를 생각해."

"소설? 너 소설을 쓰는 거야?"

"아니. 아직 완성하진 못했어."

나는 당황해서 손을 내저었다. 피노키오가 소설 내용을 알려
달라고 할 것 같아 긴장했지만 그런 일은 없었다. 마침 다른 아
이들이 교실로 들어온 것이다. 피노키오는 그 아이들을 향해서
도 웃는 얼굴로 손을 흔들었다.

"안녕?"

"응."

아이들은 대충 반응을 보인 후 자기들끼리 떠들기 바빴다. 이
제 피노키오에게 관심을 보이는 아이는 거의 없었다. 어쩌면 피
노키오가 서커스단에 대해 자세히 이야기를 해주지 않아 더 그
랬는지도 모를 일이었다. 하긴, 이틀이면 전학 온 친구에게 흥
미를 잃기에 충분한 시간이긴 했지만.

＊

체육시간에 작은 소동이 있었다. 여자아이들은 발야구를 하고 남자아이들은 팀을 나눠 농구를 했다. 나는 언제나 그랬듯이 그늘에서 공상에 빠져 있었다.

나는 무시무시하면서도 감동적이고, 오싹하면서도 유쾌한 소설을 쓰고 싶었다. 나는 뻔한 이야기가 싫었다. 괴상망측한 이야기가 좋았다. 소아마비로 걷지 못하는 주인공이 체육시간에 갑자기 벌떡 일어나 발야구를 하는 데 뛰어들어 공을 뻥 하고 걷어찬다면, 그리고 그 공이 고약한 마을 이장의 집에까지 날아가 창문을 깨버린다면……. 뭐 대충 이런 이야기를 떠올리며 멍하니 하늘을 올려다보고 있을 때 날카로운 비명이 들렸다.

"으악!"

"꺄악!"

농구 코트에 피노키오가 쓰러져 있었다. 머리와 몸이 분리된 채로. 아무리 목각 인형이라고는 하지만 그건 꽤 끔찍하고 잔인한 광경이었다.

"농구공에 맞았어!"

"죽은 거 아닐까?"

아이들이 피노키오를 둘러싸고 그런 말을 하고 있을 때 선생님이 달려왔다.

"너 괜찮니?"

선생님은 분리된 피노키오의 머리를 들고 물었다. 피노키오는 환하게 웃는 그 표정 그대로 대답했다.

"네. 전 죽지 않으니까 괜찮아요."

"119를 불러야 할까?"

"아니에요. 서커스단에 연락하면 누군가가 올 거예요. 그럼 전 멀쩡해질 거예요."

"알았다."

선생님은 대답한 후 아이들에게 말했다.

"피노키오 머리와 몸통 좀 그늘에 옮겨놓아라. 특히 머리는 꼭 치워. 농구공이랑 착각해서 골대에 던지면 안 되니까."

역시, 알 수 없는 농담이었다.

아이들은 피노키오를 내 옆에 내려놓았다. 축 늘어진 몸통과 달리 머리는 이상할 정도로 생기 넘쳐 보였다. 마치 내 모습을 보는 것 같았다.

"아프진 않아?"

나는 조심스레 물었다.

"약간 욱신거리기는 하는데 아파 죽을 정도는 아니야. 다만 그런 건 있어. 사람들 앞에서 알몸으로 누워 있는 것 같은 느낌?

너무 부끄러운데 이러지도 못하고 저러지도 못해 난처한 상황 말이야. 혹시 어떤 느낌인지 알겠어?"

"물론이지."

나는 피노키오의 말에 공감했다. 휠체어에서 떨어지거나 아니면 휠체어째로 넘어졌을 때와 비슷한 느낌일 것이다. 아픈 것보다도 당황스럽고 부끄러운 느낌이 더 큰 그런 상황. 제발 모른 척해 주기를 바라면서도 누군가의 도움을 구할 수밖에 없는 상황…….

"프랑스의 한 마을에서는 달리던 중에 팔 하나를 잃어버렸지 뭐야. 덜커덩거리던 걸 빨리 고쳤어야 했는데. 후회했을 땐 이미 누군가가 그 팔을 주워 땔감으로 썼어. 어쩔 수 없이 제페토 할아버지가 새 팔을 만들어주셨지. 그리고 내 팔로 불을 피운 사람들은 꽤 곤란하게 됐어. 아주 오래전 일이야."

피노키오는 아무것도 아니라는 듯 말했다. 나는 아직도 나무로 불을 때는 프랑스의 마을이 어디일까 생각했다.

"불편하진 않아? 내가 도와줄 건 없어?"

내가 묻자 피노키오는 속삭이듯 말했다.

"코를 좀 긁어줄래? 난 다른 건 다 잘 못 느끼는데 유독 가려운 건 못 참거든."

"코? 긁어줄 순 있는데 그러자면 내가 널 들어올려야 하잖아. 하지만 난 보다시피……."

"난 세계에서 제일 잘생긴 목각 인형이야."

"응?"

피노키오가 뜬금없는 말을 한 그 순간, 안 그래도 튀어나와 있던 나무 코가 쑥 길어졌다. 나는 놀라서 피노키오의 코를 바라봤다.

"선생님의 농담은 정말 웃겨."

코는 또 길어져 이제 내게 거의 닿을 정도가 되었다. 피노키오는 마지막으로 한마디를 했다.

"나는 절대 거짓말을 하지 않아."

코는 단번에 쑥 길어져 내 무릎까지 왔다. 나는 놀랐지만 애써 태연한 척하려 했다. 누군가를 신기한 시선으로 본다는 게 얼마나 불편한 일인지 잘 알기 때문이었다.

"여, 여길 긁으면 될까?"

피노키오의 코 끝부분을 잡고 물었다.

"응. 부탁해."

나는 손끝을 세워 곱고 매끈한 피노키오의 코를 긁어 주었다. 쓱쓱. 나무를 긁을 때마다 경쾌한 소리가 났고 피노키오는 시원한 듯 "흐음." 하는 소리를 냈다. 방긋 웃는 입과 동그란 눈은 그대로였지만 내게는 표정이 조금 변한 것처럼도 보였다. 분명 좋아하는 것 같았다.

"누군가의 코를 긁어주는 건 처음이야."

얼굴을 조금 붉히며 말했다.

"영광이네. 이럴 땐 코가 길어지는 게 도움이 돼."

피노키오의 말에 나는 궁금증을 참지 못하고 물었다.

"특별한 능력인 거야?"

"아니, 저주야."

"저주?"

"거짓말을 하면 코가 길어지거든."

"아……."

확실히 곤란한 일이고 분명 저주일 것 같았다. 거짓말을 못

한다니, 그건 이야기를 꾸며낼 수 없다는 뜻이고 그렇다는 건 소설을 쓸 수도 없다는 소리니까. 만약 내가 피노키오 같은 신세라면 정말 슬플 것이다. 피노키오는 아주 익숙한 일이라는 듯 경쾌한 목소리로 다시 말했다.

"그래도 진실을 이야기하면 다시 원래대로 돌아가. 볼래?"

나는 고개를 끄덕였다.

"나는 아주 불행하고, 서커스단은 무시무시한 곳이야."

그 말과 동시에 피노키오의 코가 거짓말처럼 짧아졌다. 그때였다. 부앙, 요란한 소리와 함께 운동장 안으로 오토바이가 달려 들어왔다. 서커스단 깃발을 단 오토바이였다. 아이들 모두 하던 일을 멈추고 바퀴가 세 개나 달린 그 오토바이를 신기하게 쳐다봤다.

"제페토 할아버지야."

피노키오가 말했다. 오토바이는 곧장 우리에게로 달려왔다. 나는 오토바이의 우렁찬 엔진 소리 사이에 묻힐 뻔한 피노키오의 속삭임을 똑똑히 들었다.

"내가 거짓말했던 건 비밀로 해줘."

"알았어."

"넌 좋은 친구야."

피노키오가 그렇게 말했고, 난 그게 거짓말이 아니라는 걸 알았다. 그래서 기뻤다.

✳

토요일이 되었다. 마을은 아침부터 술렁거렸다. 서커스 천막이 설치된 공터에는 새벽부터 사람들이 줄을 서기 시작했다고, 옆집 만수 아저씨가 말해줬다. 내게 말한 건 아니고 아빠에게 한 말이었다. 아빠는 어쩐 일로 술에 취하지 않은 상태였고, 그 때문인지 바람 빠진 풍선처럼 늘어져 있었다.

"나는 내일이나 보러 가려고."

만수 아저씨가 말했다.

"술 한잔만 사줘."

아빠가 아저씨에게 부탁했다.

"어허, 그럴 돈이 어디 있어? 서커스 보러 가려면 허튼 데 돈을 쓰면 안 돼."

"그깟 서커스 따위……."

아빠는 세상에 술 말고는 그 어떤 것도 중요하게 생각하지 않았다.

"이 친구가 뭘 모르네. 진짜 유명한 서커스단이라고 이장님이 말했다니까! 이 서커스단을 마을에 부르려고 이장님이 노력을 많이 했대. 나중에 돈도 주기로 했다나 봐."

"그거야 좀 있으면 이장 선거니까 마을 사람들 환심 사려고 그런 거겠지."

아빠는 가끔 맞는 소리도 했다. 만수 아저씨는 아무도 없는 데도 괜히 주위를 살피는 시늉을 하더니 목소리를 잔뜩 낮췄다.

"큰일 날 소리 하지 마. 마을에서 쫓겨나고 싶어?"

"아, 아니. 그게 아니라……."

"아무튼, 서커스를 보러 가지 않으면 마을에서 따돌림을 당할 거야. 꼭 그런 게 아니고라도 온갖 신기한 걸 잔뜩 보여준다니 모처럼 설렌단 말이야!"

"뭐가 제일 재미있대?"

"아직 아무도 못 봤으니까 모르지. 아마 오늘 오후부터 소문이 돌 거야. 난 목을 매달아도 죽지 않는 목각 인형이 제일 궁금해."

만수 아저씨의 그 말에 나도 모르게 움찔했다. 목각 인형이라면 아무래도 피노키오를 말하는 것 같았다. 그러고 보니 피노키오가 서커스에서 뭘 하는지 모르고 있었다.

"어쩔 수 없이 나랑 마누라도 보러 가야 하나."

아빠는 중얼거렸다. 역시, 나는 애초에 데려갈 생각도 없는 것 같았다. 나는 읽고 있던 책으로 다시 시선을 돌렸지만 좀처럼 집중이 안 됐다. 서커스에 간다는 기대 같은 건 애초에 품지 않았기에 상관없었지만 피노키오가 계속 마음에 걸렸다. 사람들 앞에서 목이 매달린 채 있을 피노키오를 생각하니 마음이 조금 아팠다. 피노키오는 벌거벗은 기분일 것이다.

오후가 되어 나는 중심가에 있는 도서관으로 향했다. 책을 반납하고 빌리기 위해서였다. 마을은 평소와 달리 무척 한산했다. 다들 서커스를 보러 갔거나 아니면 천막 근처에서 서성이고 있는 게 틀림없었다.

서커스단이 들어선 공터는 우리 집과 도서관 딱 중간에 있었다. 그 공터 근처에 가까워질수록 음악 소리가 크게 들려왔다. 전봇대에는 대형 포스터가 몇 장이나 붙어 있었다. 현수막도 나부꼈다.

환상의 서커스 공연이 여러분을 찾아옵니다!

나는 그 현수막보다 밑에 달린 또 다른 현수막이 더 마음에 들었다.

기괴하고 오싹한 체험을 할 준비 되셨습니까?

기괴하고 오싹한 체험이라면 기꺼이 하고 싶었다. 다만 나는 돈이 없었고, 돈이 있다 한들 휠체어를 타고 안으로 들어가기도 힘들 것이고, 들어간다 한들 맨 뒷자리에서 무대까지는 잘 보이지도 않을 것이다. 서커스 관람을 일찌감치 포기한 데는 바로 그런 이유가 있었다.

"기괴하고 오싹한 체험을 할 준비 되셨습니까?"

나는 그 문구를 따라 조용히 중얼거렸다. 내가 쓰게 될 소설의 첫 문장으로 삼고 싶은 문구였다. 때마침 바람이 불었다. 쐐아아, 하는 소리가 들리며 나뭇잎들이 흔들렸고 현수막 두 개는 바람을 머금어 팽팽하게 당겨졌다. 나무와 나무 사이에 매달아 놓은 만국기는 나를 향해 자꾸만 손짓을 했다. 유혹이라도 하는 것 같았다.

공터까지 이어지는 울퉁불퉁한 길을 바라봤다. 갈 수 있을까? 한 번 가볼까? 천막이라도 구경해볼까? 운이 좋으면 천막

위로 머리를 비죽 내놓은 거인을 볼 수 있을지도 모르잖아. 아
니면 붕대를 칭칭 감은 미라라도…….

여러 생각이 머릿속을 맴돌았고, 나는 결국 공터 쪽으로 휠체
어를 몰았다. 돌이 잔뜩 튀어나온 길을 지난다는 건 여간 어려
운 일이 아니었지만 꾹 참고 바퀴를 굴렸다. 공터에 다가갈수록
흥겨운 음악 소리는 더 커졌고 사람들의 웅성거림도 들렸다. 괜
스레 내 심장도 두근두근 뛰었다.

저만치 멀리에 서커스 천막이 보였다. 온통 전구를 둘러놓은
천막은 대낮인데도 형형색색으로 아름답게 반짝였다. 정말로

엄청나게 큰 천막이었다. 거인과 코끼리가 돌아다닐 만했다.

나는 천막에 시선을 고정한 채 열심히 움직였다. 팔이 뻐근하게 아팠지만 참았다. 등과 겨드랑이가 땀에 젖었지만 신경 쓰지 않았다. 오로지 천막만 보고 바퀴를 밀고 또 밀었다. 바로 그때 트럭 한 대가 굉음을 내며 달려왔다. 마을 이장의 트럭이었다. 나 같은 건 보이지도 않는다는 듯 트럭은 오히려 더 속도를 높였다.

"아!"

나는 놀라서 휠체어의 방향을 틀었다. 잘 되지 않았다. 트럭은 점점 가까워졌다. 온 힘을 다해 길가 쪽으로 바퀴를 돌렸다. 그 순간, 트럭이 아슬아슬하게 옆을 스치고 지나갔고 나는 휠체어와 함께 넘어져 땅에 구르고 말았다.

아팠다. 무지하게 아팠다. 넘어질 때 팔꿈치가 까진 것 같았다. 쓰라리고 따가웠다. 만져보니 피가 흐르고 있었다. 그런데도 부끄럽다는 생각이 먼저 들었다. 보는 사람은 아무도 없는데 부끄러웠다. 벌거벗은 채로 쓰러져 있는 것 같았다. 눈물이 흘렀다. 울지 않으려고 입술을 꽉 깨물었다. 다행히 눈물은 한두 방울 떨어지다 말았다.

나는 죽은 물고기처럼 벌렁 뒤집힌 휠체어부터 바로 세웠다. 로시난테는 지독하게 무거웠고 그 때문에 난 온 힘을 다해야 했다. 간신히 자세를 잡은 로시난테는 과연 비루먹은 늙은 말처럼 보였다. 흙투성이에 바큇살은 휘어졌다. 그걸 보는 것만으로도 내 몰골이 얼마나 심각할지 충분히 짐작할 수 있었다.

오는 게 아니었어.

나는 휠체어에 올라앉으려고 애를 쓰며 생각했다. 후회가 밀려왔다.

그냥 도서관에나 갈걸. 아빠나 엄마가 안다면 분명 비웃을 거야. 혹시 반 아이들과 마주치지는 않겠지? 마을 사람들 중 누가 갑자기 나타나 도와준다고 손을 내밀진 않겠지? 그러느니 차라리 죽는 게 나을 거야. 휠체어에서 구른 불쌍한 술고래 집 딸 얘기는 금방 퍼져나갈 테니까. 그러곤 서커스단 이야기와 함께 안줏거리가 되겠지. 잘근잘근 씹기 좋은.

나는 움푹 팬 길가에 넘어진 상태였다. 거기서 다시 로시난테에 올라타기란 쉽지 않은 일이었다. 아무리 용을 써도 마지막에 가서 계속 미끄러졌다. 이번에야말로 진짜 울음이 터질 것 같았다. 그때 머리 위에서 귀에 익은 목소리가 들려왔다.

"내가 도와줄게."

올려다보니 피노키오가 손을 내민 채 서 있었다.

"고마워."

피노키오라면 괜찮았다. 기꺼이 도움을 받고 싶었다. 부끄럽지 않았다. 아무렴. 코를 닦어준 사이니까.

"안아 올려도 괜찮지? 내가 이래 봬도 힘이 세거든."

피노키오는 대답을 듣지도 않고 나를 안아서 번쩍 들더니 로시난테 위에 내려주었다. 제자리를 찾은 것 같아 안도의 한숨이 나왔다. 동시에 따뜻하고 말간 눈물이 나도 모르게 주르륵 흘러내렸다.

"울 정도로 많이 아파?"

피노키오가 물었다.

"아, 아니야. 눈에 흙이 들어가서 그래. 고마워."

"다행이다. 마침 내가 이 길을 지나가서 널 도울 수 있었어."

피노키오는 진심으로 기쁜 듯이 말했다. 그제야 궁금증이 일었다. 한창 서커스 공연을 할 때인데 피노키오는 왜 나와 있는 걸까?

"넌 어떻게 된 거야? 왜 지금 여기에……."

"그게 말이야, 좀 곤란한 일이 생겼어."

피노키오는 천막 쪽을 힐끔 돌아본 후 말을 이었다.

"조금 있으면 내 차례거든. 목에 줄을 걸고 오래 매달려 있어야 하는데 문득 가슴이 답답해지는 거야. 그래서 바람이나 쐴까 하고 나왔는데 여기까지 걸어왔지 뭐야. 제페토 할아버지가 찾으러 올 텐데 큰일 났네. 또 혼나겠어."

"그 할아버지……."

피노키오를 고치러 왔던 무서운 인상의 할아버지를 떠올렸다. 제페토 할아버지는 피노키오에게 괜찮은지 물어보지도 않고 화부터 냈다.

"또 무슨 말썽을 피운 거냐?"

그러곤 피노키오의 몸통과 머리를 오토바이 짐칸에 쑤셔 넣은 뒤 역시 요란한 소리를 내며 사라졌다.

부앙.

아니나 다를까 바로 그 오토바이 소리가 다시 들렸다. 피노키오는 발을 동동 구르며 계속 코를 긁었다.

"어쩌지? 어쩌지? 어떤 벌을 받을까? 물에 빠져서 종일 둥둥 떠 있게 될까, 아니면 다리가 모두 떨어진 채로 굴러다니게 될까? 거짓말을 할 수도 없고 큰일 났어. 큰일!"

듣기만 해도 끔찍한 벌이었다. 제페토 할아버지는 고약한 어른인 게 틀림없었다. 그 생각을 하는 사이 오토바이가 바로 옆으로 다가왔고 흰머리 영감은 버럭 소리를 질렀다.

"피노키오! 감히 도망을 치다니!"

"아, 아니……."

피노키오가 손을 내저으며 더듬거렸다.

"일단 천막으로 가자. 공연이 끝나면 따끔한 맛을 보여줄 테니."

제페토 할아버지는 피노키오의 팔을 거칠게 잡아당겼다.

"아니에요!"

내가 그렇게 소리치자 제페토 할아버지가 고개를 돌려 바라봤다. 마치 지금에서야 나를 발견했다는 듯 살짝 놀란 표정을 지었다. 흰 눈썹이 송충이처럼 꿈틀, 움직였다.

"넌 누구냐? 뭐가 아니라는 거지?"

제페토 할아버지의 눈빛은 무시무시했지만 난 숨을 가다듬고 또박또박 말했다.

"피노키오는 도망친 게 아니에요. 서커스단을 위해 도둑의 뒤를 쫓은 거라고요."

"도둑?"

"네. 이 마을에는 공짜라면 사족을 못 쓰는 아주 고약한 도둑들이 있어요. 그 도둑들은 당연히 서커스 공연도 공짜로 보고 싶어했죠. 그래서 공터가 시작되는 곳에서부터 천막까지 길고 긴 굴을 파기로 한 거예요. 그 굴을 통해서 천막 안으로 몰래 들어가려던 거죠. 어쩌면 서커스단의 보물이나 아주 중요한 뭔가를 훔치려 했는지도 몰라요."

"어허!"

제페토 할아버지의 눈빛이 달라졌다.

"그랬는데 피노키오가 그 도둑들의 비열한 술수를 간파한 거예요. 아마 도둑들이 굴을 파면서 내는 미세한 진동을 느꼈을지도 몰라요. 하여간 피노키오는 천막 안을 둘러보다가 굴 안에서 막 나오는 도둑 한 명을 목격했죠. 당연히 도둑은 걸음아, 날 살려라, 하며 도망을 쳤어요. 피노키오는 다른 도둑이 더 올라올지도 모른다고 생각해 서둘러 굴을 막은 뒤 도둑의 뒤를 쫓아 여기까지 왔어요. 서커스단을 위해서!"

나는 말을 마친 후 흔들림 없는 눈빛으로 제페토 할아버지를 봤다. 그 영감은 고개를 갸우뚱하며 물었다.

"그 모든 걸 너는 어떻게 알고 있지?"

"전 죽은 것들을 볼 수 있고, 죽은 것들의 이야기를 들을 수 있어요. 귀뚜라미 유령이 이야기해줬어요. 아시잖아요? 귀뚜라미는 말이 많다는 거."

"흐음. 그렇기는 하지."

제페토 할아버지는 천천히 고개를 끄덕이다가 피노키오를 돌아봤다.

"서커스단에서는 피노키오에게 상을 주어야 할 거예요."

나는 마지막으로 한마디를 했다. 제페토 할아버지는 알겠다는 듯 손을 들어 보이고는 피노키오에게 말했다.

"잘했구나. 어서 타거라. 공연을 해야 하니까."

제페토 할아버지 뒤에 탄 천막으로 가기 전, 피노키오는 슬쩍 고개를 돌려 나를 바라봤다. 평소와 똑같은 표정이었지만 나는 피노키오가 더 활짝 웃고 있다는 걸 알았다. 어쩐 일인지 그냥 알 수 있었다.

✳

피노키오가 우리 집으로 몰래 찾아온 건 다음 날, 그러니까 일요일 밤이었다. 이틀 사이 마을에는 서커스에 대한 여러 이야기가 넘쳐났다. 기어이 서커스를 보고 온 만수 아저씨는 잔뜩 흥분해서 이야기를 늘어놓았다.

"이야! 완전 굿이야, 굿! 내 생전 그런 신기한 경험은 처음이었어. 아담한 외국 여자가 있는데 이 여자 채찍질 한 번에 호랑이고 사자고 설설 기더라니까. 그 여자가 호랑이 아가리에 자기 머리를 집어넣는 걸 자네도 봐야 하는데……. 나 솔직히 말하면 그때 오줌을 살짝 지렸다니까! 어디 그뿐인 줄 아나? 까마득하게 높은 곳에서 외줄을 타는 난쟁이가 있는데 줄이 흔들릴 때마다 내 심장이 벌렁벌렁하더라고. 쇠몽둥이로 아무리 때려도 끄떡 안 하는 덩치 큰 여자가 있는가 하면 온몸에 털이 북슬북슬 난 늑대 같은 놈도 있지 뭐야? 그놈이 진짜 늑대처럼 우는데 다들 깜짝 놀랐지."

아빠는 마침 술에 취해 있었고 그래서 기분이 상당히 좋은 상태였다. 물론 조금 더 마신다면 늑대, 아니 개가 되겠지만.

"흐흐. 그렇게 재미있다고 하니 나도 진짜 구경하고 싶네. 그런데 죽지 않는 목각 인형인가 뭔가는 봤나?"

"당연하지. 딱 우리 애들 또래로 보이는데 걷고 말도 하고 춤도 추는데 죽지를 않는 거야. 목을 매달아도 안 죽고 칼로 푹 찔러도 꿈쩍도 안 하더군. 오히려 헤헤 웃고 있더라니까. 세상엔 참 신기한 게 많아."

마을이 서커스 이야기로 얼마나 들썩였는지는 엄마 말만 들어봐도 알 수 있었다. 식당에서 늦게까지 일을 하고 돌아온 엄마는 추임새처럼 넣는 욕 한마디 없이 서커스 이야기부터 꺼냈다.

"술 마시러 오는 인간들은 하나같이 서커스 이야기만 하데.

싸움도 좀 하고 시비도 좀 걸고 해야 나도 시원하게 욕 한번 퍼부을 텐데 다들 헤실헤실 웃으며 서커스가 재미있었네, 또 보러 갈 거네, 그런 이야기만 해대니 재미가 없어서 원……."

그날 밤 나는 늦도록 잠들지 못했다. 이런저런 생각에 쉽게 잠들 수가 없었다.

피노키오가 공연을 했다는 건 다행스러운 일이었다. 적어도 크게 혼은 안 난 것 같으니까. 다만 칼로 찌르기까지 한다는 건 충격이었다. 나를 도와준 그 친절한 친구가 사람들 앞에서 구경거리가 된다고 생각하니 슬펐다. 그러면서도 한편으로는 내 눈으로 꼭 서커스를 보고 싶다는 생각도 했다. 내 소설에 서커스 장면을 넣는다면 얼마나 근사할까?

내가 그런 생각들로 뒤척이고 있을 때 창문 두드리는 소리가 작게 들렸다. 그러더니 벽에 달린 창문이 조금 열렸다. 내가 미처 비명을 지르기도 전에 나무로 만든 코가 창문에서부터 쭉 뻗어 왔다. 피노키오였다.

"코를 잡고 있어. 꽉."

피노키오의 말을 듣고 코에 매달렸다. 다음 순간 피노키오의 코가 빠르게 줄어들었고 나는 순식간에 밖으로 나가게 되었다. 피노키오는 아주 자연스럽게 나를 안고서 인사를 했다.

"안녕?"

"아, 안녕? 그런데 이 밤에 어쩐 일이야?"

나도 자연스럽게 피노키오에게 안겼다. 어색하거나 부끄럽지 않았다. 반가웠다. 피노키오의 웃는 얼굴을 다시 보는 것이.

"토요일에 날 도와줘서 고맙다는 인사를 하려고."

피노키오가 말했다.

"도와준 건 너잖아."

"너도 잘 도와줬지. 네 멋진 거짓말이 아니었다면 난 크게 혼 났을 거야."

멋진 거짓말이라고 해주다니, 기뻤다. 내가 지어낸 거짓말이 누군가에게 도움이 되었다는 사실에 기분이 좋았다. 소설가는 멋진 거짓말로부터 탄생한다고 했던 어떤 작가의 말이 떠올 랐다.

"난 아무리 거짓말을 해도 코가 길어지거나 하진 않으니까."

"그것도 멋진 일이다! 절대 들키지 않을 거짓말을 할 수도 있을 테니까. 그럼 넌 모든 사람을 속여 넘기는 환상적인 소설을 쓸 수 있을 거야!"

달빛 아래 선 피노키오는 근사하게 웃었다. 나는 피노키오의 목에서 굵은 밧줄이 쓸고 간 흔적을 발견했지만 애써 못 본 척했다. 리본 달린 옷을 입는 이유를 알 것 같았다.

"그렇게 말해줘서 고마워."

"아까도 말했지만 고마운 건 나야. 그래서 널 위해 선물을 준비했어."

피노키오가 말했다.

"선물?"

"응. 날 따라와."

"하지만 난 로시난테가 없으면……."

"걱정하지 마. 그 휠체어 미리 훔쳐놨어, 방금 전에. 우리 서커스단에는 정말로 도둑질을 잘하는 둘이 있거든."

피노키오의 말이 떨어지기가 무섭게 두 명이 어둠 속에서 모습을 드러냈다. 둘은 로시난테를 밀고 있었는데 한쪽은 홀쭉한 데다가 입이 쏘옥 튀어나온 것이 여우를 닮았고, 다른 쪽은 동그란 얼굴에 세모꼴 귀와 고양이 수염을 달고 있었다.

"저 사람들도 서커스 단원이야?"

내가 묻자 피노키오는 고개를 끄덕였다.

"응. 여우 인간과 고양이 인간이야. 여우 인간은 새를 좋아하고 고양이 인간은 물고기를 좋아해."

"안녕? 우리가 모실 테니 여기 앉아."

여우 인간이 말했다.

"여기 앉아."

고양이 인간도 말했다. 피노키오는 이번에도 나를 로시난테 위에 부드럽게 내려놓았다. 그런 뒤 말했다.

"자, 가자!"

여우 인간과 고양이 인간은 번갈아가며 내 휠체어를 밀며 달렸다. 엄청나게 빨랐다. 처음에는 무서웠지만 곧 적응했다. 이토록 빨리 달려본 건 태어나 처음이었다. 밤바람이 귓가를 스치고 지나갔다. 티셔츠 가득 바람이 불어 들어와 들썩거렸다. 머리카락이 바람에 날렸다. 크고 붉은 달을 감싼 구름도 빠르게 지나갔다. 늦은 밤의 마을은 조용하기만 했다. 움직이는 건 우리 넷

밖에 없었다.

"와아!"

나는 힘껏 소리를 질렀고 내 목소리는 밤하늘 위로 우렁우렁 울려 퍼졌다. 옆에서 함께 달리던 피노키오가 웃으며 말했다.

"이제부터 조용히 해야 해. 단장님과 제페토 할아버지 몰래 서커스단 친구들을 소개해줄 테니까."

"뭐?"

나는 너무 놀라 그렇게 되묻고는 내내 입을 다물 수밖에 없었다. 드디어 눈앞에 서커스단 천막이 보였다. 높고, 크고, 넓고, 웅장한 그 천막 앞에서 피노키오가 말했다.

"미희야, 모두 널 좋아할 거야."

여우 인간이 밀어주는 로시난테에 올라 천막 안으로 들어갔다. 높은 턱이 나왔지만 문제없었다. 셋이서 나를 번쩍 들어주었다. 곧 화려한 조명이 나를 감쌌다. 찌를 듯한 그 조명에 나는 눈을 감았다가, 떴다.

그리고…….

……천막 안에 여러 단원들이 모여 있었다.

"반갑구나. 나는 마운틴이야."

천막 천장에 닿을 듯 거대한 거인이 내게 자신의 오른손 검지를 내밀었다. 그 검지만 해도 내 팔뚝보다 굵었다. 목소리는 그야말로 산 위에서 들리는 것 같았다. 나는 마운틴의 검지를 잡고 악수 아닌 악수를 했다.

"안녕하세요? 저는 월이라고 합니다."

이번에는 늑대 인간이었다. 얼굴에도 털이 잔뜩 나 있었지만 순한 인상을 숨기지는 못했다. 월은 앞발, 아니 손을 들고 나를 향해 흔들어주었다. 그때마다 향긋한 샴푸 냄새가 났다.

"안녕? 네가 피노키오 친구구나."

공중에서 줄을 타고 내려온 이는 귀가 쫑긋한 난쟁이였다. 난쟁이는 아주 귀여운 꽃무늬 셔츠를 입고 있었다.

"와! 셔츠가 정말 예뻐요!"

내 칭찬이 썩 마음에 들었는지 난쟁이는 줄을 잡고 내 주위를 빙그르르 돌아 보였다. 그러고는 자기소개를 했다.

"난 세상에서 제일 작지만 제일 뜨거운 심장을 가진 남자, 터프야. 피노키오 잘 부탁해."

"조금 있으면 떠날 텐데 잘 부탁하긴."

툭 내뱉듯 그렇게 말한 사람은 덩치가 크고 온몸이 돌처럼 딱딱해 보이는 근육으로 둘러싸인 여자였다. 여자는 그 온몸에 파스를 덕지덕지 붙이고 있었다.

"어이. 아이언 레이디. 너무 퉁명스럽게 말하지 말라고. 애가 겁먹잖아."

아이언 레이디에게 한마디를 한 사람은 멋진 사파리 모자를 쓴 조련사였다. 나는 아이언 레이디의 말보다 조련사 뒤에서 나를 노려보는 사자와 호랑이 때문에 더 겁이 났다.

"무서워할 것 없어. 얘들 다 착하거든. 볼래?"

조련사는 들고 있던 채찍을 리본처럼 공중에서 흔들었다. 그러자 사자와 호랑이가 뒷발로 서서 서로 껴안은 채 춤을 추기 시작했다. 정말로 엉거주춤한 자세였고 둘 다 파트너가 마음에 안 드는 눈치였다.

"하하하!"

그 모습을 보고는 웃지 않을 수 없었다.

"오! 관객이 웃었다. 이러면 성공한 공연인 거지!"

월이 꼬리를 흔들며 좋아했다. 다른 단원들도 모두 기쁜 표정이었다. 나는 그 후에도 붕대를 고쳐 매고 있는 미라를 소개받았고, 입안에서 기름 냄새가 난다며 열심히 양치질을 하는 불 뿜는 괴인도 만났다. 공중그네를 타는 쌍둥이와 푸른색 머리카락이 썩 잘 어울리는 아름다운 얼굴의 요정과도 인사를 했다. 푸른 머리 요정은 나를 살짝 안으며 귓가에 속삭였다.

"넌 앞으로 꿈을 이루게 될 거야."

그 말 한마디에 심장이 세차게 뛰었다.

"내 친구들 어때? 모두 멋지지?"

피노키오가 물었다.

"응! 모두 멋지고……."

"괴상하고……."

터프가 내 말을 받았다.

"오싹하고……."

아이언 레이디가 그 말을 또 받았다.

"아름답지! 후후."

마운틴이 후후, 하고 웃자 천막 천장이 들썩거렸다.

"맞아요! 모두 멋지고 괴상하고 오싹하고 아름답고 환상적이에요!"

내가 외치자 단원들 모두 크게 웃었다. 그때 시커먼 그림자가 천막 안으로 들어오며 날카롭게 말했다.

"쉿! 빨리 흩어져."

"섀도. 왜 그래?"

피노키오가 묻자 섀도가 급히 대답했다.

"단장과 제페토 영감이 오고 있어!"

그 말이 떨어지자마자 모두 눈 깜박할 새에 천막을 빠져나갔다. 나는 그럴 수 없었다. 로시난테는 그렇게 빠르지 않았다.

"어떡해?"

내가 묻자 피노키오가 휠체어를 밀며 무대 쪽으로 달렸다. 그 순간 천막 안의 조명이 모두 꺼졌다. 어둠이 찾아왔다. 우리는 무대 뒤에 숨었다. 기다렸다는 듯 두 사람의 말소리가 들리며 손전등 불빛이 어른거렸다.

"여기 인간들도 마찬가지였어."

나이가 꽤 든 것 같은 여자 목소리였다.

"역시 그렇습니까?"

이번에는 제페토 할아버지였다. 둘은 심각한 대화를 나눌 모양인 것 같았다. 피노키오도 그걸 감지했는지 살며시 몸을 떨었다.

"이곳 이장이라는 자가 관람료로 많은 이득을 볼 거니까 약속한 돈을 못 주겠다고 하더군. 오히려 돈을 요구했어. 안 그러면 쫓아내겠다고 하면서 말이야."

여자가 말했다.

"어쩔 수 없겠네요. 거짓말을 하면 어떤 대가를 치르는지 알게 해주어야지요."

제페토 할아버지가 말했다.

"좋아. 난 다음 공연지를 물색할 테니 자네는 그걸 준비해줘."

"알겠습니다. 그걸 준비해놓겠습니다. 언제 쓸지 말씀만 해주십시오."

"알았네."

거기까지 말을 나눈 후 두 사람은 천막을 나갔다. 잠시 기다리던 피노키오는 아무도 없다는 걸 확인하고서 내게 말했다.

"오늘 일은 절대 비밀이야."

"응."

나는 고개를 끄덕이며 피노키오를 바라봤다. 어둠 속에 서 있어서 그런지 웃는 것처럼 보이지 않았다. 슬퍼 보였다.

"이제 집에 데려다줄게."

피노키오가 말했고 나는 물었다.

"근데 제페토 할아버지가 준비한다는 그게 뭐야?"

"나중에……, 나중에 알게 될 거야."

나는 더 묻지 않았다. 알고 싶었지만 알아서는 안 될 것 같았기 때문에. 내 앞에서 아무렇게나 말을 해대는 사람들과 달리 피노키오는 신중했다. 그랬기에 나는 어렴풋이 짐작할 수 있었다. 그건 아주 무서운 것이라고.

✳

피노키오는 학교에 나오지 않았다. 아이들은 딱히 관심을 보이지 않았다. 선생님도 별다른 설명을 해주지 않으셨다. 대신에 조회 시간에 이런 이야기를 했다.

"다들 부모님께 들어서 알겠지만 우리 마을에 온 서커스단은 아주 나쁜 사람들이야. 공연을 해준다는 걸 미끼로 큰돈을 요구했지만 우리 이장님이 단칼에 거절했지. 앞으로도 이런 이장님이 우리 마을을 책임지는 게 맞겠지?"

"네."

아이들은 대답했다.

"서커스단은 지금 터무니없이 비싼 금액을 받고 있어. 그러니 공연을 보러 가기로 계획한 사람들은 가서 야유를 보내야 한단다. 그래야 정신을 차리거든. 공연이 아무리 재미있어도 절대 박수를 치면 안 돼. 그렇게 해야 서커스단은 잘못을 뉘우치고 금액을 낮출 거야. 우리 마을 사람들의 힘을 보여주자고."

"네!"

아이들은 방금보다 더 큰 목소리로 대답했다.

"내가 한 말 피노키오한테 일러바치는 아이는 없겠지?"

선생님은 그 말을 한 후 예리한 눈빛으로 나를 흘끔 봤다. 이번에는 정말로 농담처럼 들리지 않았다.

그날 오후부터 서커스단에 대한 안 좋은 소문이 돌기 시작했다. 서커스단에서 보여주는 건 다 가짜라는 말부터 거기 단원들이 학대를 받고 있어 경찰에 신고해야 한다는 말까지.

"그 말 들었어? 서커스단 단장이 범죄자래!"

"그게 다가 아니야. 우리 마을 사람들한테 사기를 치려고 했다잖아."

"어휴, 이장님 아니었으면 꼼짝없이 당했지 뭐. 지금 이장님이 집집마다 다니면서 설명하고 있다나 봐."

"피노키오인지 뭔지 그 기분 나쁘게 생긴 목각 인형이 학교에 다닌 것도 애들 꾀려고 그랬던 거래."

아니에요!

마을 회관 앞에 모여 그런 이야기를 주고받는 어른들을 향해 나는 소리치고 싶었다. 거짓말을 하는 건 이장과 다른 사람들이라고. 계속 그러다간 끔찍한 일을 당할지도 모른다고. 하지만 나는 입을 열지 않았다. 어른들이 날 없는 존재로 여기는 것처럼 나도 그렇게 무시했다.

이장은 우리 집에도 찾아왔다. 아빠는 이장이 가지고 온 양주 한 병에 꼬리를 살랑살랑 흔드는 개처럼 변했다.

"아이고, 이장님. 어쩐 일로?"

"내가 부탁할 것이 있어 왔지."

"부탁이라면?"

아빠는 양주병에서 눈을 떼지 못한 채 물었다.

"그게 말이야, 아무래도 자네가 나서서 서커스단에 경고를 좀 해줘야겠어."

이장은 거실에 내가 있는데도 눈길 한 번 주지 않고 그렇게 말했다.

"제가요?"

"왜, 싫은가? 힘든가? 어렵겠어?"

이장은 양주병을 들어 보이며 물었다.

"아뇨! 힘들긴요. 근데 구체적으로 뭘 하면……."

"거기 그 꼴 보기 싫은 천막에 가서 이걸로 글씨 좀 쓰고 와."

이장은 양주병과 함께 빨간색 래커를 내밀며 말했다.

"뭐라고요?"

아빠는 그 두 개를 덥석 받아들며 물었다.

"사기꾼 서커스단 물러가라. 뭐, 요 정도?"

"그거야 쉽죠. 제가 딱 한 잔만 하고 가서 후딱 쓰고 오겠습니다."

아빠는 생각만 해도 좋은지 실실 웃었다.

"그래. 부탁 좀 하네. 그런데 자네 이번 선거에 누구 뽑을지 정했나?"

이장이 슬쩍 물었고 이미 양주병을 따기 시작한 아빠는 1초의 망설임도 없이 대답했다.

"그럼요. 이장님 아닙니까! 흐흐."

"허허. 그럼 그리 알고 있겠네."

이장은 돌아갔고, 아빠는 양주를 마시고 외국 개가 되기 딱 직전에 임무를 마치고 돌아왔다. 그러곤 또 술을 마셨다. 욕쟁이 엄마는 집으로 돌아오자마자 양주가 어디서 났느냐며 욕부터 쏟아냈다.

서커스단 천막에 누군가가 래커로 낙서를 했다는 사실은 다음 날 아침부터 퍼져나갔고 급기야 아이들까지 그 이야기를 했다.

"나쁜 서커스단 물러가라고 적혀 있었대."

"내가 듣기론 엉터리 서커스단 안 물러가면 불을 지를 거라고 적혀 있었다던데?"

"칼로 천막을 찢어놓기도 했대!"

"피노키오 욕도 적혀 있었대."

아이들의 말은 다 달랐고 그래서 어떤 게 진실인지 알 수 없었다. 진실을 아는 건 오직 나뿐이었다. 물론 나는 입을 닫고 있었다. 내가 입을 열어봐야 누구 하나 귀 기울이지도 않았겠지만.

피노키오가 불쑥 학교에 온 건 점심시간이 막 시작됐을 때였다.

"어?"

교실 앞문으로 들어온 피노키오를 보고 모두 놀라 급식도 먹지 않고 있었다. 피노키오는 아무 일도 없었다는 듯 한결같은 표정으로 인사를 했다.

"안녕?"

아이들은 경계하는 눈빛으로 피노키오를 봤다. 피노키오는 머리를 까딱거리며 사뿐사뿐 걸어 교탁 앞에 섰다. 그러고는 교실을 쭉 훑어봤다. 할 말이 있는 듯했다.

"몇 번 만나지도 못했는데 이렇게 작별 인사를 하게 돼 슬퍼. 우리 서커스단은 이번 주 토요일 공연을 끝으로 마을을 떠나게 됐어."

"정말?"

"쫓겨난 거야?"

"너도 천막에 적힌 낙서 봤어?"

"너희 서커스단 사람 다 사기꾼이야?"

아이들은 폭풍처럼 질문을 쏟아냈다. 피노키오는 일일이 대답하는 대신 자신이 할 말을 큰 소리로 했다.

"그래서 마을 사람들을 위해 이번 주 토요일 밤에는 특별 공연을 준비했어. 게다가 모두 공짜야. 누구든 와서 봐도 돼. 서커스단에서 진심으로 감사한 마음을 담아 마을 사람 모두를 초대하는 거야. 최고의 공연을 준비했으니 너희들도 와주면 좋겠어."

피노키오는 그 말만 하고는 교탁에서 내려와 문으로 향했다.

"공짜라고?"

"나 보러 가야지!"

"쟤들이 드디어 정신 차렸구나."

홍분한 아이들이 떠들어댔지만 피노키오는 대꾸하지 않았다. 딱 한 번 뒤를 돌아봤을 뿐이었다. 그러고는 나와 눈을 마주쳤다. 피노키오는 나를 향해 아주 살짝 고개를 저어 보였다. 슬픈 표정으로. 분명히 슬픈 표정으로.

"오늘 특별 공연 제목이 '죽지 않는 목각 인형의 밤'이래. 재미있을 것 같지?"

아빠는 거울 앞에서 연신 머리를 빗어 넘기며 말했다.

"당연히 재미있겠지. 공짜로 보면 뭔들 재미가 없겠어?"

엄마는 새빨간 립스틱을 바르며 말했다. 둘 중 누구도 나에게 물어보지 않았다. 같이 가겠느냐고.

토요일 저녁, 마을 사람 모두가 서커스단 공연을 보기 위해 천막으로 향하고 있었다. 술고래 아빠와 욕쟁이 엄마까지 가는 걸 보면 확실했다. 마지막이 될 특별 공연에 공짜라는 것까지 더했는데 그걸 마다할 마을 사람은 아무도 없을 것이다. 오후에는 이장이 방송까지 했다.

"아아, 이장입니다. 금일 저녁 7시에 서커스단의 마지막 공연이 있을 예정입니다. '죽지 않는 목각 인형의 밤'이라는 제목의 특별 공연이라니 모두 참석해주시기 바랍니다. 제가 서커스단과 합의한 결과 오늘 공연은 무료입니다. 하하."

나는 공연에서 무슨 일이 벌어질지 너무 궁금했다. 한편으로는 제목이 마음에 걸리기도 했다. 죽지 않는 목각 인형이라면 분명 피노키오를 뜻한다. 피노키오가 특별한 역할을 맡은 걸까?

"늦기 전에 빨리 가자고."

아빠가 말했다.

"다 됐어."

엄마는 마지막으로 입술 사이에 휴지를 끼워 립스틱을 조금 닦아낸 뒤 아빠를 따라나섰다. 그러다가 나를 돌아봤다. 나는 혹시나 하는 마음에 엄마를 간절히 바라봤다.

"집 잘 보고 있어."

엄마는 그 말만 하고 문을 닫았다. 덩그러니 혼자 남겨진 나는 고개를 푹 숙였다. 서커스단이 떠나기 전 마지막으로 피노키오를 한 번 더 보고 싶었는데…….

실망감을 애써 감추며 소설 노트를 꺼냈다. 아직 완성한 이야기는 없지만 매일 새로 떠오르는 아이디어와 그날 했던 공상을 잔뜩 적어놓은, 내게는 보물이나 다름없는 노트였다. 나는 최근에 적었던 걸 다시 읽어봤다. 거의 대부분 단어였고, 모두 피노키오에 관한 것이었다.

서커스단.

목각 인형.

죽지 않는다는 건 어떤 느낌일까? 행복? 불행?

거짓말.

코.

단원들.

멋지고 괴상하고 오싹하고 아름답고 환상적!

'그건' 뭘까?

나는 펜으로 '그건'이란 단어에 동그라미를 쳤다. 아무래도
오늘 공연에서 제페토 할아버지가 준비한다고 했던 그게 나올
것 같았다. 피노키오는 그게 무엇인지 왜 말해주지 않았을까?
마을 사람들은 정말 대가를 치르게 되는 걸까? 그렇다면······
나는 어떻게 되는 거지?

그런 생각을 하고 있을 때였다. 누군가가 현관문을 두드렸다.
우리 집에 올 사람은 없었다. 덜컥 겁이 났지만 한 가지 사실이
떠올랐다. 우리 집에 올 '사람'은 없다는 것.

"들어오세요."

내가 말하자마자 문이 열리며 여우 인간과 고양이 인간이 얼
굴을 들이밀었다.

"실례합니다. 들어가겠습니다."

여우 인간이 말했다.

"들어가겠습니다."

고양이 인간이 말했다. 둘은 여전히 알 수 없는 표정을 하고 있었지만 뚜렷한 목적을 가지고 왔다는 건 분명해 보였다. 그게 아니라면 공연을 시작했을 지금 나를 찾아왔을 리가 없을 테니까.

"무슨 일이세요?"

내가 묻자 여우 인간이 현관에 놓인 로시난테를 가리키며 말했다.

"피노키오의 부탁을 받았습니다. 미희 양을 이 마을에서 무사히 빠져나갈 수 있게 도와달라고."

"도와달라고."

고양이 인간이 뒷말을 따라했다.

"마, 마을을 빠져나간다고요? 그것도 무사히? 그게 무슨 뜻이죠?"

여우 인간은 거실 벽에 걸린 시계를 힐끔 보더니 로시난테를 잡아끌었다. 내 낡은 휠체어는 끼익 소리를 내며 언제든 떠날 준비가 됐음을 알렸다.

"시간이 없으니 가면서 설명해도 될까요?"

나는 여우 인간의 질문을 곱씹으며 곰곰이 생각했다. 그런 뒤
되물었다.

"혹시…… 지금 마을을 떠나면 다시는 돌아올 수 없나요?"

여우 인간은 천천히 또박또박 대답했다.

"네. 그러니 선택은 미희 양 당신에게 달렸습니다. 떠나길 원하신다면 중요한 것들만 간단히 챙기세요. 다시는 못 돌아오니까."

"다시는 못 돌아오니까."

고양이 인간이 말했다.

"알았어요!"

내가 결심을 굳히기까지는 그리 긴 시간이 걸리지 않았다. 그리고 무얼 챙겨야 할지 결정하기까지도 긴 시간이 필요하지 않았다. 나는 소설 노트와 모나미 볼펜 한 자루만 챙긴 후 여우 인간과 고양이 인간을 향해 고개를 끄덕여 보였다.

둘은 나를 로시난테에 태운 뒤 집을 나섰다. 앞으로 어쩌면 좋을지 의문이 들 법도 했지만 그 순간만큼은 아무런 생각이 없었다. 겁도 나지 않았고 막막하거나 슬프지도 않았다. 다만 궁금했다. 무슨 일이 벌어지게 될 것인지.

"이제 설명해주세요!"

지난번처럼 달리는 휠체어에 앉아 바람을 맞으며 나는 외쳤다. 내 옆에서 달리던 여우 인간 역시 목소리를 크게 해서 말했다.

"오늘 밤, 이곳의 마을 사람 모두는 무사하지 못할 겁니다."

"그게 무슨 뜻이죠?"

"모두 피노키오의 연기를 흠뻑 들이마실 거고, 그런 뒤 인간은 변하게 됩니다."

"어떻게 변한다는 거예요? 피노키오의 연기는 뭐고?"

때마침 우리는 공터 근처에 막 다다른 상황이었다.

"저기!"

고양이 인간이 밤하늘을 가리키며 처음으로 자신만의 말을 했다. 우리는 달리던 걸 멈추고 어두운 하늘이 피어오르고 있는 한 줄기 흰 연기를 올려다봤다. 그건 분명 서커스단 천막 쪽에서 나는 연기였다. 순간 심장이 철렁했다.

"불이 난 건가요?"

"아니요. 목각 인형의 팔다리와 몸통을 태우는 연기입니다."

여우 인간이 말했다.

"네? 그, 그럼 피노키오가 죽은 건가요?"

너무 놀라 목소리가 확 올라갔다. 여우 인간은 고개를 저었다. 꼬리도 함께. 살랑살랑.

"걱정하지 마세요. 피노키오는 머리가 깨지거나 타지 않는 한 절대 죽지 않으니까. 몸과 팔다리는 제페토 영감이 다시 만들어 줄 거예요. 하지만 피노키오의 몸을 태운 그 연기를 마신 사람들은 저주를 받게 됩니다."

"저주?"

"영원히 죽지 못하고 진실만을 말해야 하는 저주죠."

그때였다. 저만치 어둠 속에서 사람들의 말소리와 함께 신음이 들려왔다. 여우 인간은 꼬리를 빳빳하게 세우더니 고양이 인간을 향해 고갯짓을 했다. 풀숲으로 숨자는 뜻인 것 같았다. 고양이 인간은 말은 잘 못해도 눈치는 빠른 것 같았다. 재빨리 내 휠체어를 밀고 달빛이 닿지 않는 어두운 풀숲으로 달렸으니까. 우리 셋은 가만히 숨어 사람들이 지나가기만을 기다렸다.

"이게 뭐야? 내 코, 내 코가 한 뼘이나 길어졌어!"

누군가가 외쳤다.

"다들 진정해. 이런 건 금세 고칠 수 있어!"

이장 목소리가 들린 후 다른 사람이 비명을 질렀다.

"히익! 이장님 코가 방금 더 길어졌어요."

"힘이 없어. 근데 화가 치밀어 올라. 뭘 계속 먹고 싶고."

또 다른 누군가가 씩씩거리며 말했다.

"분명히 그 목각 인형을 태울 때 마신 연기 때문일 거야. 놈들이 무슨 수작을 부렸다고!"

이장의 목소리는 분노에 차 있었다.

"이장님 때문이잖아요! 이장님 때문에 코가 이상해졌어요."

누가 그렇게 말했고 뒤이어 다른 사람이 크게 외쳤다.

"어? 방금 자네 코가 줄어들었어!"

"그 단장이라는 여자 말이 맞았어. 진실을 이야기해야 코가 줄어드는 거였어. 그래야 정상적으로 살 수 있다고!"

사람들은 이제 막 내가 숨어 있는 곳 근처를 지났다. 모두 어딘가가 불편한 듯 비틀거리며 걷고 있었고, 코가 비죽 자라나 괴물처럼 보였다. 달빛 아래서 눈빛이 날카롭게 번득였다. 나는 마른침을 삼켰다.

"나, 나도 해봐야지. 이장이 거짓말을 한 거야. 난 처음부터 알고 있었어!"

그런 말을 한 남자의 코가 금세 줄어들었다.

"나, 난 처음부터 네가 마음에 안 들었어. 재수 없었거든!"

어떤 여자가 다른 여자를 향해 삿대질까지 하며 말했고 역시 이번에도 코는 줄어들었다.

"봐! 우리가 방법을 찾았어. 크크크."

사람들은 좋아했지만 딱 거기까지였다. 이장은 여전히 코끼리처럼 긴 코를 한 채 버럭 소리를 질렀고 그때부터 진짜 끔찍한 일이 벌어졌다.

"감히 날 못 믿었다고? 내가 거짓말쟁이라고?"

이장은 앞에 선 남자를 향해 달려들었다.

"날 재수 없어했다고?"

여자 둘도 싸움이 붙었다. 서로가 서로에게 진실을 털어놓았던 사람들은 그것의 무게를 견디지 못하고 서로를 공격하기 시작했다. 때리고, 조르고, 물어뜯었다. 계속해서 누군가의 비명이 들렸고 포효 비슷한 것도 들렸다. 한둘이 아니었다. 사람들은 비틀거리며 달아났고, 또 다른 사람들도 비틀거리며 그 뒤를 쫓왔다.

"지금이야. 빨리 여길 벗어나야 해."

여우 인간이 말했고 그제야 나는 몸에서 힘을 뺐다. 로시난테 팔걸이는 내 손에 나온 땀으로 완전히 축축해졌다.

"저, 저게 저주?"

나는 더듬거리며 물었다. 이번에는 여우 인간이 휠체어를 밀었다. 여우 인간은 마을 바깥을 향해 달리며 빠르게 이야기했다.

"진실은 때로 가혹한 법이죠. 그렇다고 거짓말이 좋다는 건 아니지만, 진실을 잘못 활용하는 사람들과 진실을 잘못 받아들인 사람들은 짐승처럼 변해 계속 싸울 겁니다. 저들은 절대 죽지 않으니까. 싸우고 또 싸우겠지요."

"아……."

끔찍한 일이었다. 한편으로는 통쾌하기도 했다. 피노키오를 태운 연기를 마신 것만으로도 저렇게 변하다니.

"참! 피노키오는 괜찮겠죠?"

나는 퍼뜩 생각이 나 물었다.

"그럼요. 처음 있는 일도 아닌데요, 뭘. 피노키오는 내일쯤 제페토 영감이 새 몸을 만들어줄 겁니다."

여우 인간이 걱정하지 말라는 듯 웃으며 말했다.

이윽고 우리는 마을의 끝에 도착했다. 마을 저 안에서는 끊임없이 비명과 분노에 찬 외침, 그리고 고통 섞인 신음이 들려왔다. 그걸 듣는 것만으로도 등골이 오싹했다. 영원히 죽지 않고 저래야 한다니 생각만 해도 덜덜 떨렸다.

"피노키오가 이것과 함께 자기 말을 전해달랬어요."

잘 닦인 도로에 날 놓아둔 뒤 여우 인간과 고양이 인간은 돌아갈 준비를 했다. 나는 여우 인간이 내민 가죽 주머니를 받아들었다. 묵직했다. 지금은 그 안에 뭐가 들었는지보다 피노키오의 말이 더 궁금했다.

"무슨 말이죠?"

내가 묻자 여우 인간은 피노키오처럼 웃는 표정을 지은 뒤 말했다.

"고마웠어, 미희야. 그 누구에게도 피해를 주지 않는 거짓말을 해서 네 꿈을 꼭 이루길 바랄게."

나는 눈물이 나오려는 걸 간신히 참으며 고개를 끄덕였다. 여우 인간과 고양이 인간도 같이 고개를 끄덕였다.

"그럼. 저흰 이만 가보겠습니다. 서커스단과 함께 떠나야 하니까요."

"떠나야 하니까요."

나는 둘을 향해 물었다.

"이제 또 어디로 가죠?"

"그건 저희도 모릅니다. 아마 전혀 가보지 않았던 마을로 가게 되겠죠. 오래전부터 그래왔던 것처럼."

여우 인간은 그렇게 말한 뒤 무릎을 살짝 굽히고 팔을 뒤로 한 채 멋지게 인사를 해 보였다. 고양이 인간도 어설프게 따라 했다.

"그럼 이만. 미희 양."

"네. 피노키오에게 제 말도 전해주세요. 넌 정말 좋은 친구라고."

여우 인간과 고양이 인간은 휙휙 어둠 속으로 사라졌다. 혼자 남은 나는 피노키오가 준 가죽 주머니를 열어봤다. 거기엔 반짝이는 무언가가 들어 있었고 난 그게 금화라는 걸 알 수 있었다.

모두 40개였다. 그 주머니의 줄을 길게 늘어뜨려 목에 걸고, 무릎에는 소설 노트를 놓은 뒤, 나는 출발했다.

휠체어의 바퀴를 굴리며 나는 아주 잠깐, 정말로 아주 잠깐 마을 쪽을 돌아봤다. 이제는 많이 가늘어진 흰 연기가 밤하늘에 떠서 달을 어루만지고 있었다. 괴물들의 포효가 들렸다.

죽지 않는 목각 인형의 밤은 영원히 기억될 아주 끔찍한 밤이 되었다. 다른 마을 사람들은 두고두고 무서운 서커스단과 더 무섭게 변해버린 마을 사람들에 대해 이야기할 것이다. 그들 중

한 어린 소녀가 사라졌다는 사실을 아는 사람은 아무도 없겠지. 그리고 그 소녀가 아주 뛰어난 거짓말쟁이고 어떤 이야기라도 지어낼 수 있다는 사실을 아는 사람도 없을 것이다.

　나는 달렸다. 마을과는 점점 멀어졌다. 로시난테에게 명령했다. 마녀처럼 깔깔깔 웃으며, 아주 큰 소리로.

　"가자! 멋지고 괴상하고 오싹하고 아름답고 환상적인 거짓말을 하러."

내 안의 피노키오가 깨어날 때

어린 시절 동화 「피노키오」를 읽으며 저는 피노키오가 참 불쌍하다는 생각을 했습니다. 걸핏하면 속아서 위험천만한 일을 겪거나 누군가에게 쫓기거나 아니면 꾸중을 들었거든요. 거기다가 거짓말을 할 때마다 코가 길어진다니! 피노키오가 했던 거짓말은 아주 심한 것들도 아니었는데 말이죠. 거짓말 잘하고 이야기 꾸며내기 좋아했던 저는 피노키오처럼 코가 길어질까 봐 걱정을 하곤 했습니다. 그래도 항상 끝내주게 재미있는 거짓말을 달고 살았죠.

이를테면 이런 거짓말들이었습니다.

"나 어젯밤에 학교 마치고 가다가 빨간 마스크를 만났거든. 그런데 어떻게 도망쳤는가 하면……."

"우리 동네 하수구에는 괴물이 살거든. 어떤 괴물인지 내가 똑똑히 목격했어!"

그렇습니다. 저는 늘 말도 안 되는 이야기를 지어냈고 황당무계한 거짓말을 했지만 코가 길어지지는 않았습니다. 대신에 소설가가 되었죠. 때로는 잔혹한 진실보다 그럴싸한 거짓말이 더 아름답고 멋질 때도 있습니다. 기막힌 이야기를 만들어보세요. 환상적인 거짓말로 세상을 깜짝 놀라게 해보세요. 그거 아세요? 「피노키오」를 쓴 작가 '카를로 콜로디'도 끝내주는 거짓말쟁이였다는 사실. 그래도 코가 길어지진 않았답니다. 바로 저처럼.

전건우

그들이 깨어나는 시간

초판 인쇄 2022년 05월 20일
초판 발행 2022년 05월 25일

글   최영희, 정명섭, 전건우
일러스트   양은봉
발행인   이진곤
발행처   블랙홀
출판등록   제 25100-2015-000077호(2015년 10월 26일)
주소   경기도 파주시 문발로 405 제2출판단지 활자마을
전화   02-338-0092
팩스   02-338-0097
홈페이지   www.seentalk.co.kr
E-mail   seentalk@naver.com

ISBN   979-11-88974-57-3 44800
           979-11-956569-0-5 (세트)

블랙홀은 씨앤톡의 자매 회사입니다.